祁连如梦

徐剑 著

徐剑，云南昆明官渡区大板桥人，中国作家协会全国委员，中国报告文学学会副会长，一级作家，享受国务院特殊津贴专家，入选全国文化名家暨"四个一批"人才。

著有小说、散文、报告文学、电视剧共计600万字，先后创作出版导弹系列的文学作品《大国长剑》《鸟瞰地球》《砺剑灞上》，以及《江南草药王》《水患中国》《麦克马洪线》(待出)《东方哈达》《冰冷血热》《遍地英雄》《国家负荷》《雪域飞虹》《浴火重生》《王者之地》《梵香》《坛城》，长卷散文《岁月之河》《灵山》《玛吉阿米》《经幡》和长篇电视连续剧《导弹旅长》等十八部。荣获"鲁迅文学奖"，两次获得中宣部"五个一工程"奖，三次获得中国人民解放军文艺奖，以及"中国图书奖""中华优秀出版物奖"等全国文学奖，被中国文联评为"德艺双馨"文艺家。火箭军党委为表彰其创作成就，批准其荣立二等功一次，三等功四次。

且将华章洗秋水

○ 代序

乙未冬深，大雪过后，京畿之地半月阴霾不晴，雾锁城郭，霾虐苍生。余自江南归京，阴霾正浓。忽收责编惠清女士微信，彼称：领导变动，杂志改版，专栏文章取消，"剑谈"专栏最后一篇文章，须晚上交稿。阅后，些许怅然泛起，旋即，又如释重负。

时光匆匆，一面之纸短文"剑谈"专栏，伴余一路走来，谈笑间，两年过矣。缘起只因微信。女儿为余开通微信，取名"老徐"，窃以为，此数字平台甚好，亦图亦文，图胜文亦精，可玩着写，配图发，观者皆为朋友众亲，不必太在意。因文短，须精，余想到晚明小品，空蒙、性灵、禅意，便试写数篇，颇受朋友圈欢迎。聚成兄看后，甚喜，邀余到《中华儿女》开专栏，嘱以此风格写，有个性，好看。余一口承诺，于是乎，一名曰"剑谈"之专栏由此催生。然，一页之字不过千三百，说易亦易，说难则难。作家操刀，于读者观之，不过小技耳。然，治大作如烹小鲜。大作好写，犹如长江黄河，烟波浩渺，惊涛拍岸，气吞山河。可匠人好为黄钟大吕状，极易唬人。而千字短文，则有难度，形似小石潭之秋水，清澈剔透，鱼翔浅底，池边生兰芷，水中多杂草，皆一览无余。作家功力之深与浅，文笔老与嫩，寥寥数语，便可测试出来。皆因专栏之文须言之有物，须吟物显志、叹事成理，写人可立传，切入角度要巧，叙述向度亦须摇曳多姿，具思想穿透力，且宜沉淀为历史文化。

余生有幸，择作家为业，可圆读书行走梦。快哉，行万里路，读天下书，品苍生情。游侠经历，乃治小文时，更幸。"剑谈"展开之时，总编不拘，责编不苛，任余神游山川，极目四海，远探历史八荒，近抵现实之岸。《俄乡纪事》首发，此乃余随中国作家代表团访俄罗斯散文，连发七篇，其三篇编入《2014年散文年选》，名曰《俄罗斯笔记》。后，便是杭州之烟雨江南，一堤丹桂醉苏堤，写余陪父母游西子，问断桥何在。继之则为张岱《湖心亭赏雪》，妙在一点一横之间，点睛之笔也。收笔之处，梦回原乡，梦中的昆明大板桥古镇杏花雨，三夏芙蓉，九苇稻香，十亩荷塘，皆扑面而来。余乐此不疲，走过神州大地，远足天山南北，又有十六次入藏之旅，三步一跪皆浮屠，万里青藏万里云，皆入梦来，可凝笔端。于是乎，每月两篇，大多写于路上，车上，船上，早上。

感谢责任编辑张惠清，此一篇篇文章，乃彼催促而成。余多惰性，辄于最后一晚、最后一刻匆匆交稿。《待月西厢永济寺》《斯楼无魂》诸篇，皆历历入"剑谈"。

二〇一五年，乃余之创作小年，却是徐家吉年。否极泰来，余著有《经幡》新作，飘荡青藏，天语六字真言，唵嘛呢嗡呗哞，皆为余欢。天意甚怜，好人终有好报。东风四起，喜剑笔挚云，幸自有彩云缭绕。

春风大雅，秋水文章。余写短文，两载春秋，匆匆，操性灵之笔，淘洗己之性灵小文。行走读书，羁旅之中作文。于是乎，乙未之年，余夏入惠州，再至东莞，后入深圳，欲鹏程万里，再写一年，便能结集出版。重庆出版集团宪江编辑读余之"剑谈"，甚喜。欲策划军旅大家"破阵子"丛书，旨在金戈铁马，夜卧冰雪，铁马秋风大散关，砺山带河赋诗章。断鸿声声，不看吴钩，把栏杆拍遍，山河依旧在，唶叹陈年旧事，好在文心归于寂然。

斯时，最后一个句号落定，余须致谢《中华儿女》，谢聚成兄；还须谢责编惠清，彼屡屡相催，促成此书八万余字杀青。至二〇一五年底，余所发文二十四篇，其中三组七篇文章，辑成《南疆断章》《爷爷的抗战》及《故乡拾遗》等，二〇一五年被三家散文年选选载。

经国文章，千秋之事，华章宜待秋水洗。秋草黄，霜风白露，一壶浊酒万事休。沉醉之后，看秋山红遍，回雁峰前，湘琴横拨，箫剑直吹，几簇芦荻悠悠，乃赋《破阵子》一首抒怀：

秋风小雪空山，梦里捣衣长安。一池碧水见澄澈，万千民众祈经幡。回首黯故园。

日暮紫霞红灿,夜梦冰河萧关。扬眉出鞘百夫长,勒马封侯在燕然。向史觅新篇。

斯为序。

二〇一七年七月

目录

辑一 西域断章
- 2 胡天无雪不见君
- 6 谁的龟兹
- 10 葱岭在上
- 17 夏塔之思

辑二 祁连如梦
- 34 祁连如梦
- 37 八面皆景卓尔山
- 41 断崖千尺，花海有边
- 45 最后一班绿皮列车
- 48 山是英雄冰美人
- 51 未遇浪漫心亦安

辑三 云南看云
- 56 父亲的烟标
- 59 春风大雅彩云南
- 63 一块老墙土的寓意
- 65 常怀敬畏之心
- 68 忍将功名苦苍生
- 71 记忆中的年事
- 74 乡愁成了奢侈品
- 78 乡村的眼睛

辑四 莫斯科笔记
- 82 红场，一个中国少年的红色记忆
- 85 血性俄罗斯
- 89 新圣女公墓死与生
- 92 生态俄罗斯
- 95 俄罗斯的良心
- 98 偶像的黄昏

辑五 江南地舆
- 102 半山烟雨半山佛
- 105 老妈犹忆白娘调
- 110 前朝梦忆说士风
- 113 青藤书屋人寂寂

辑六 魏晋之风

- 118 杜康酒中有魏晋
- 121 盛唐气象何处寻？
- 125 待月西厢寺已空
- 128 斯楼无魂
- 131 古丹道苦寒行
- 140 凝固的史记
- 147 天马渐远
- 150 略附风雅

辑七 岭南观潮

- 154 乡关何处寻祖魂
- 157 苍烟落照进士村
- 160 云响衣裳花想容

辑八 芜野行走

- 166 三阳开泰
- 169 圣湖观湖相
- 172 十载阳台云和月

辑九 铁马冰河

- 176 爷爷的抗战
- 183 新李将军列传
- 201 清明时节更思君

辑十 剑雨斋留笔

- 206 一望成雪无高原
- 211 余者芬芳连艳阳
- 219 我以素颜行天边
- 222 在纸质大地上行走的人
- 227 抗战文学叙事的三个坐标
- 235 军旅文学的中国气派

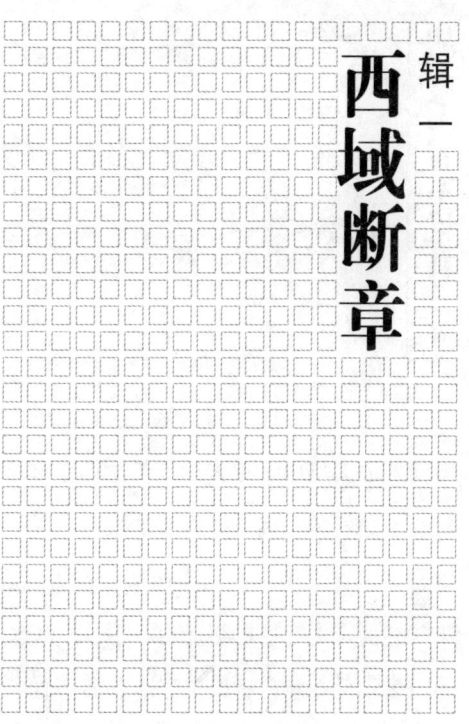

胡天无雪不见君

已是下午二时。可天庭之上，太阳钟盘刚指向正午，秋阳正烈。不远处之火焰山，地表温度仍达四十多度，交河、高昌古城，皆无入秋渐凉之气象。离开吐鲁番的最后一站是博物馆，无意间，竟在克孜尔石窟抄经文书中，与大唐边塞诗人岑参账单不期而遇。"岑判官马柒匹共食青麦三豆（斗）伍胜（升），付健儿陈金。"寥寥一行字，此乃一千多年后在吐鲁番以东阿斯塔那—哈拉和卓古墓群纸棺上发掘的。

麻纸早已褪色，墨迹仍旧清晰，浮冉着一股千年烟火。遥想当年，漠风萧萧，岑参将一碗浊酒饮尽，付过马料钱，走出客栈。仰首苍穹，唯见胡天千里，云垂穹低，蓦然回首间，交河古城黑云摧城，风雪欲来。彼跃身上马，紧随安西四镇都护使高仙芝和副都护使封常清身后，打马前行，朝着天山南麓飞驰而去。雪地之上，留下一行行马蹄之印。

马蹄声咽，没于风雪之中。乙未年立秋后，余兀立于交河古城天穹下，茫然四顾，却不见天山飞雪，地上更无一行马队蹄印。斯时，中国作家"丝绸之路行"登车而行，朝着法显、玄奘和岑参走过的西域大地，一路向西，只是汗血宝马换成了一辆考斯特。胡天八月即飞雪，低吟浅唱，可天山无雪，朝当年岑参驰马走过的驿道极目千里，地平线尽头，阳光灿然，万里无云，天现一片佛教蓝，大唐马队隐于何处，岑参又在何方？

对于中国文人骚客而言，长河落日，大漠孤烟，边关冷月，千帐灯火，灵魂有安妥处，心中便有诗性与神性。于是，半阕苦吟，两行诗句，一声仰天吟啸，便将一片洪荒之域，化作温馨的精神之乡，遂成千古绝唱。从此，一首诗，一句经典，成就一处人文景观。只要诗人精神不死，斯地便永远有一个文化之魂踽踽独行，令万世景仰。

余对岑参情有独钟，源自少年从军，蛰伏湘西一隅，寒夜苍茫，冷雨夹雪，楚山凝冻，窗前窗后，皆成玉树冰山，梨花莽荡。偶读《白雪歌送武判官归京》，从"胡天八月即飞雪"，至"忽如一夜春风来，千树万树梨花开"，顿时生出万千喟叹，此诗此境，竟将窗含玉树梨花飞扬为诗情画意。顿时，便被其高远意象和襟怀倾倒。后，再读《走马川行奉送封大夫出师西征》《轮台歌奉送封大夫出师西征》，仿佛见一介书生岑参，身披铠甲，兀立于轮台城郭之垛堞前，时西风正烈，辕门前旌旗不动，战马长啸，彼玉树临风，抚剑问天，将寒山望断，把吴钩看了，断鸿声中，落日楼头，唯见天山暮雪。此时的大唐士子豪气天纵，"宁为百夫长，胜作一书生"，夜卧冰河，剑舔墨汁，下马能豪饮，上马敢杀人。夜入军帐，挥动狼毫，蘸着精神膏血，作歌赋词，戍边立业，只为封他一个万户侯。盖中国之少年精神矣。

一路向西，车沿天山大纵谷而行。羁旅遥迢，天山冷梦，西望长安，不见故人入梦来，一代边塞诗人之肉身消失于滚滚风尘里，却活在一卷卷唐诗之中，活成千古。少年岑参，生于钟鸣鼎食之家、簪缨之族，从曾祖父岑文本为李世民宰相始，一门三宰相。然，其伯祖父长倩本为武则天当朝宰相、廷上重臣，却触怒天威，祸及五个儿子被诛。岑参之伯父岑羲为睿宗朝宰相，后因追随太平公主作乱被诛杀。岑氏一门从此家道中落。然，岑参五岁读书，九岁吟诗作赋，少有拏云之志，欲振岑家声威。彼万里赴戎机，只为官至卿相，不辱祖宗。天宝八年（七四九年）后，两度出长安，过北庭，入大唐安西都护府，先为大唐名将高仙芝幕府掌书记官，随一代常胜将军征小勃律国，兵出葱岭，直抵今日之阿富汗的库尔兴什，威震西域。一千年已矣。从帕米尔高原走入亚洲腹地的探险家斯文·赫定，踏勘高仙芝行军路线，惊叹道："此为人类历史之第一次，乃中国最勇敢之将军也，比欧洲名将汉尼拔、拿破仑、苏沃洛夫之越阿尔卑斯山，真不知超过多少倍！"然，高仙芝不识岑参之才，冷落其于幕后。两年后，彼悻然回长安，与李白、杜甫、高适厮混，吟诗填词，喝酒作乐。然，酒酣之后，彼怆然泪下，心不甘寂寞也。天宝十三年（754年），彼再度入西域，欲圆卿侯之梦，任安西节度使封常清之判官，随着大唐雄师降服西域三十六国与昭武九姓，留下三百多首边塞诗作。此时，彼最歆羡之人，乃封常清大夫。其未至不惑，已为国之干城。岑参吟诗献媚，一脸真诚:"如公未四十,富贵能及时。直上排青云,傍看疾若飞。前年斩楼兰,去岁平月支。天子日殊宠,朝廷方见推。何幸一书生,忽蒙国士知。侧身佐戎幕,敛衽事边陲。自逐定远侯,亦著短后衣。"岑参终未能像心中偶像班超,封个定远侯,最终以峨眉山下一嘉州刺史了此余生,罢官之后,客死锦官城,时年五十六岁。留下一曲曲边塞高歌,吟成青山黄河。

"轮台东门送君去,去时雪满天山路。"吾等半卧于铁骑之上,一路坐车观天山,看西域。车过马兰,未停,车过巴音郭楞,仍未停,过博斯腾湖、焉耆、铁门关,皆未停,夜宿库尔勒。次日,前往龟兹古国库车,抵近轮台时,天地玄黄,轮台东门不再,天山以南行旅,一路秋阳红灿。胡天无雪不见君,西天取经之途,大道寂寂,已经没了马蹄声、驼铃声、胡曲声……

谁的龟兹

车出库尔勒城后，一路向西，当晚下榻之地，便是库车县城。漫漫行旅，欲行五小时之久。太阳懒洋洋挂于天山之上，自南面车窗斜射而入，晒得人昏昏欲睡。然，余无半点倦意，独倚窗前，极目天际，神游八荒，天山南麓红白黄褐之丹霞地貌，如天马行空，似白象原驰，更有红驼悠然，随众菩萨出行，博带褒衣，背景是一片深海般的蔚蓝，在余之视野惊现一派梦幻之境。

斯时，西域大道上车量稀少，好久不见一辆车驶过来。不闻马蹄声响，亦无驼铃悠悠，却顿感体热，有一股历史信息于焉激活，奔突于身。冥冥之中，唯见持节张骞骑于汗血宝马背上，踏雪而来，汉风威仪，臣服四方。班超万里封侯，击右地，破白山，临蒲类，取车师，诸国震慑响应，遂开西域，彼经营西域二十二年，莫不宾从。大军沙暴般掠过后，大漠依然岑寂，汉地却陷入兵荒马乱，于是僧侣登场了，朱士行、法显、玄奘背着行囊艰难踉跄而行。一袭僧袍风中飘过，掠过塔克拉玛干大漠，犹如精神路标，指引着人类，温暖着逃出生死之劫的商旅。

然，一袭袭僧袍如古道上丝绸一样，湮没于历史风尘之中，风干成记忆。在余历史地图行走之中，轮台城过后，西域三十六国下一个驿站应该是伽蓝圣地，大唐安西都护府治所龟兹了。

龟兹何在？余向瀚海大声疾呼。同车新疆作协朋友道，就是今晚下榻之地库车县也。

龟兹，库车？库车，龟兹？古龟兹国早在汉代便存世千载了，龟乃秋之繁体偏旁，与汉文化连着沾血脐带。而库车乃突厥语，取悠久、悠长之意。后，见库车县委书记，彼称，库车乃当地维吾尔语龟兹之拼读谐音。

谁的龟兹？龟兹国王的，鸠摩罗什的？大唐帝国唐三藏的，安西都护府高仙芝、封常清的？还是龟兹吐火罗语大师季羡林的，抑或你的，我的？

落日时分，隐没于云中之夕阳，从云罅筛下几道金光，犹如佛陀之兰花指，摩挲库车城郭。车抵县城，下榻之所，居然是一座五星酒店，其豪奢之度，非大汉、大唐之龙门客栈可媲。余伫立于十六层落地窗前，俯瞰城池，古龟兹国王，大唐安西都护府，还有登高望远，满城金顶、佛塔的伽蓝，皆湮灭于岁月暮色中，风轻云淡。唯有文化活着，一帖青史活着，活在上古的记忆里。

一个人的龟兹，绝非国王的、大唐都督的龟兹，尔辈皆走马灯般，你方唱罢我登场，唯有古人鸠摩罗什和今人季羡林御风登上云端。

云上偶像。庙里菩萨。七岁小和尚鸠摩罗什从天上宫阙飘然而下,将金色袈裟往肩上一抛,蓦然回首,最后留恋一瞥投向表妹——龟兹国王的女儿,然后登上马车,向王城之北雀离(今苏巴什)大寺走去,剃度出家。彼乃龟兹王妹与天竺相国之子,生于贵胄之家。因母亲笃信小乘佛教,便注定其一生将献于佛前,坎坷一世。彼一经入庙,梵呗声声,轻烟浮冉,却如星光闪耀,一天能诵经书一千偈,相当三万二千字。九岁时,彼与母亲过葱岭,涉恒河,至佛祖涅槃地,拜尼泊尔上师槃头达多为师,三年后学成归国,彼已在佛学、哲学、逻辑学、声韵学、语文学、医学、历算、星象和工艺、技术等方面造诣精深,令龟兹国王垂青不已。二十岁时,龟兹国王举办一大法会,令鸠摩罗什与一位西域高僧辩法,殊不知对手竟是彼之老师,一个月下来,老师完败,鸠摩罗什名声大振,被龟兹国王奉为国师。每逢其主持大法会,西域三十六国国主皆肥马高车而来,亲临龟兹雀离寺,跪于佛前,让其踩踏登上法座,讲经说法,众国王皆膜拜不已。龟兹国因了鸠摩罗什而雄视西域。

一个僧人的西域,引起了汉地皇帝注视。前秦皇帝苻坚对鸠摩罗什仰慕不已,受车师前首领和龟兹王弟所邀,出兵西域。彼对麾下战将吕光云,破龟兹城池,朕不要金银财宝、宝马美女,只掳国宝即国师鸠摩罗什。果然,吕光万里远征,大胜而归。只掳鸠摩罗什而去,并逼其还俗,破戒,与幼小玩伴表妹——龟兹国王之女结婚。后被囚禁于凉州城,译经十七年。后江山易主,后秦皇帝将彼接入长安,举行盛大入城仪式,令其率五千弟子译经。彼七十岁圆寂于户县草堂寺,身后却留下万千经卷。

余有幸,在敦煌,在京畿,浏览过黄庭坚和康熙皇帝正书鸠摩罗什译的《金刚经》,一点一画,一撇一捺之中,皆现古代汉语与白话韵律之美,令人如痴如醉。

还有那位山东青年季羡林,跨洋过海,在德国巧遇吐火罗文,方知乃故国西域之语,遂投于德国天才学者西克教授门下,对这门混杂梵语、巴利语之佛教天书展开研习,终学有所成,独尊天山,睥睨西域,盖无人出其右矣,成为继往圣绝学之一代大师。

翌日上午,吾等出库车城,往城北,驶向天山南麓之雀离大寺,行四十余里,抵当下称之为苏巴什大寺遗址。岁月沧桑,几经盛衰沉浮,兵燹毁寺之后,终成一片残垣断壁。大寺经塔旧址之上,白云如昨,可祥云不再,漠风依旧尖啸掠过,却无风铎悠然;东寺和西寺隔着宽阔的干涸河床,苍烟犹在,清泉已经不复。万僧随鸠摩罗什诵经之盛景风化为青史碎片,唯有那耸入云天之经塔和半壁寺墙,与天山同在。一阵漠风过后,梵香,梵呗,长号,晨钟暮鼓,仿佛从历史深处响起,敲在每个龟兹旅人的心上,依旧令人沉静,觉悟无常,物我皆忘。

葱岭在上

此中国作家丝路行之终点,乃喀什。而余最神往之处,却是葱岭,心慕三十载矣,颇想驱车叶城,登上界上达坂,在海拔五六千米之雪山之巅,在其貌不扬之垭口处,蹦三蹦,大声疾呼,我来了!看是否与西藏感觉与反应一样。

日暮时分,抵南疆重镇喀什,一问方知,此地离塔什库尔干县、离葱岭仍有三四百公里,将近一天行程。只好止步于喀什,葱岭不可去兮,唯有遥望。

余对葱岭之迷恋,始于西藏。转遍西藏神山圣湖之后,唯有一条最艰难西天取经之道,西方探险家称之为最具挑战性的户外之旅,横亘于巴基斯坦、阿富汗、塔吉克斯坦及中国的葱岭,久久吸引着余之目光。

葱岭,传说中的不周山,《山海经·大荒西经》记载:"西北海之外,大荒之隅,有山而不合,名曰不周。"《淮南子·天文训》则对不周山的解释更具想象力:"昔者共工与颛顼争为帝,怒而触不周之山,天柱折，地维绝。天倾西北，故日月星辰移焉；地不满东南，故水潦尘埃归焉。"

葱岭为喜马拉雅山、昆仑山、喀喇昆仑山、天山及兴都库什山交汇处，神山耸立，雪峰苍茫，大纵谷撕裂崇山峻岭，因岭上多野葱或山崖葱翠而得名。塔吉克语，则称其为帕米尔，意即世界屋脊。至大清国末季，葱岭渐次在人文地理语境中消失，代之为帕米尔高原。

葱岭在上。余情有独钟，源于阅读。东晋法显《佛国记》，玄奘《大唐西域记》，还有后来走过葱岭之西方探险家马可·波罗、斯文·赫定，在其《马可·波罗游记》《亚洲腹地旅行记》等书中皆对此地做过精彩描述，令余掩卷不忘。新世纪又一个千年，当余携女儿在世界最高峰珠穆朗玛大本营踯躅半日，不忍离去之时，遂将目光投向葱岭之上世界第二高峰乔格里峰，期冀一睹奇崛。

是夜，余下榻于喀什宾馆，一夜耿耿难眠，半睡半醒，恍惚之间，眼前掠过尽是一帧帧葱岭风光与踽踽独行之地史学家，彼或僧或官，或将或卒，或冒险家或文物大盗，兀立葱岭，俯瞰神山，褐色僧袍一袭，镀金铠甲一副，飘荡于葱岭之上。

法显出长安城时，为东晋隆安三年（399年）。

彼将这个远行西域的时间，记为"岁在己亥"，意即该年之干支纪年应为己亥，而时节恰是秋风四起时。后秦都城已呈衰败之象，落叶萧萧长安道，万里悲秋，古城墙上箭镞犹在，伤痕累累。自入东晋十六国年代，五胡乱华。百年之间，长安城已有前赵、前秦、后秦、西魏四个小王朝建都。皆一个个短命王朝，长则三十多载，短则二三年间，城头变幻大王旗，拥兵自重，有盔甲便可称王。兵燹战乱，喋血杀戮，年复一年，百姓惨遭涂炭。唯有到佛祖座下寻求温馨和解脱。驿道上朔风萧然，瘦马夕阳，一派风尘滚滚。而他的目光却投向万里之外的葱岭。

西天之路迢遥，迤逦走来，法显九死一生，过河湟，入罗布泊，越塔克拉玛干，终抵西域佛教之都于阗王国，前方葱岭在其视野中城垣般地崛起。

葱岭之东有六个国家，法显一行翻越葱岭，跋涉二十五天，皆是小乘佛教之地，此地山寒，早晨起来满地清霜，已经与汉地明显不一样了，不种稻菽、麦穄，物种也不尽相同。唯有竹子、石榴和甘蔗见过，显然离故乡越来越远了。

伫立葱岭之巅，满目高山峻岭，沟壑纵横，崖岸高绝惊险，山巅岩石岿然，壁立千仞。临近峭壁，就会头晕目眩，想要往前走的话，甚至连放脚的地方都没有。崖壁下面有一条河流，叫新头河。过去有人顺着山势在绝壁上凿出石阶，以作为通路，一面临壁，一面却是万丈深渊，总共有七百石阶。胆战心惊地爬上石阶之后，轻轻踩着悬在上空的大索渡过河，河两岸相距有八十步宽。这里是殊方绝域，彼惊叹，甚至汉朝的张骞、甘英亦未能抵达此地。

然，数百年后，大唐名将高仙芝及身后两万余官军抵达了。

那天，龟兹大唐安西都护府辕门前，接过节度使夫蒙灵詧递过来的壮行酒，高仙芝和出征将士豪饮而尽。彼跃身上马，抽出挂在铠甲上的佩剑，往西域天空一指，剑光划破了晴空，湛蓝天幕上顿时伤痕累累。高仙芝的剑锋所指，便是当时世界上堪与大唐比肩的帝国——大食。

高仙芝太熟悉西域这片土地了。少时便随父亲高舍鸡入安西从军，辗转河西走廊与河湟一带。虽然流淌着高句丽的血脉，可却仰慕大汉帝国青年将军卫青、霍去病，十七八岁便在这块土地上建功立业，马踏飞燕、马踏酒泉。大唐的高天厚土，真乃放飞雄鹰之域，不管华族、东南夷，还是西北胡，只要有真本事，就可以在这里找到自己飞翔的天空。

少年从军行，一踏进安西都护府龟兹，高仙芝便热血沸腾了。因其骁勇果断，善于骑射，二十岁拜将，不到而立之年，已官至安西副都护、四镇都知兵马使。

然，一将功成，并非浪得虚名。高仙芝初啼试剑，是天宝初年。当时达奚诸部叛乱，波及黑山以北，直至碎叶城大部分地区（又称索叶城、索房城，即大唐诗仙李白的出生地）。唐玄宗诏令安西四镇节度使夫蒙灵詧前去平叛。夫蒙灵詧派高仙芝率两千精骑自副城向北，直抵葱岭之下迎击叛军。达奚部因行军劳顿，人马皆疲，夜间宿营时，被高仙芝部攻破，尽为唐军所杀。高仙芝一仗成名。

西域战事，远在天外，可大唐开国，经贞观、开元之治，已显盛世气象，乃世界唯我独大之帝国，无人敢于挑战。西域三十六国，也尽握在大唐王朝掌中。帝国依托安西、北庭（今新疆吉木萨尔北破城子）所辖各军镇，焉耆、龟兹、疏勒、于阗等二十余西域小国，皆俯首称臣，进贡不断。

偏偏葱岭之上，有两个国家欲挑战大唐的权威。一个是小勃律（在今克什米尔西北部，都城孽多城，今吉尔吉特），另一个大勃律（今克什米尔中部一带，都城巴勒提斯坦）。前者原为唐属国，是吐蕃通往安西四镇的战略要津。吐蕃赞普把公主嫁给小勃律王苏失利之为妻后，小勃律国遂归附于吐蕃，吐蕃进而控制了西北各国，因此"西北二十余国皆臣吐蕃"，中断了对大唐的朝贡。彼时唐玄宗尚未沉溺霓裳羽衣舞之中，仍励精图治，对挑战大唐地位，决不容忍，屡出重拳。天宝六年（747年）三月，玄宗皇帝下诏，命安西副都护、都知兵马使、充四镇节度副使高仙芝为行营节度使，率兵万余人，征讨小勃律。

高仙芝与前几任大唐将领不同，彼充分了解斯地之地理、气候及大地构造，葱岭分东、中、西三部，东帕米尔以山为主，乃葱岭高地，海拔皆在六千一百米以上，山体浑圆，河谷地带却宽而平坦，海拔自三千六百九十米至四千二百米。唐军行军欲穿越东帕米尔，且翻越海拔七千五百六十余米青岭（慕士塔格山）。一个冷兵器时代，靠马匹和步行，其难度可想而知。高仙芝却从容应对，一是行军时间的选择上，避开天寒地冻之冬季，而选三至十月份为进军时间；长途奔袭乃兵家之大忌，因远离大后方支撑，粮秣为最大难题，高仙芝让每个士兵都准备私马，专驮粮草。再一个是在行军时，注意隐蔽，出其不意。

春天来了，天空中灰头雁掠过，高仙芝仰望天空，对节度使夫蒙灵䜣说，天时地利，万事俱备。中丞，可以出发了！

那天清晨，夫蒙灵䜣站在安西节度使点将台，为高仙芝出征送行。壮行酒喝过后，唐军将土碗一摔，在中亚时空中，中国历史上一位伟大将军登台。于是，一万多名唐军出龟兹，一路向西，幕中判官封常清记下了一段驿程：经十五日至拨换城（今新疆阿克苏），又经十余日抵握瑟德（今新疆巴楚），再经十余日至疏勒（今新疆喀什），眼前葱岭横亘千里，寒山暮雪。然唐军挥师南下，马蹄声碎，从容踏上葱岭。开始千山寂静，唯我独行帕米尔高原之艰难行旅，万里奔袭。每位唐军士兵骑于马上，后边有私马相随，后勤粮草在规定的时间内都能得到保障；高仙芝专择平坦宽阔的山间谷地行军，使唐军的困难降至最低。经过二十余日漫漫长征，唐军到达了葱岭守捉（今新疆塔什库尔干塔吉克自治县）。然后再次向西，沿兴都库什山北麓西行，又二十余日抵播密水（今阿富汗瓦汉附近）。唐军继续驰马而行，再经二十余日到达特勒满川（今瓦罕河）。

时，夏天悄然而至。河谷里吹来阵阵暖风。高仙芝将麾下战将召进中帐，摊开地图，云：此时作战，尽得天时。安西唐兵分三路，剑指连云堡。

高仙芝一战扬名，威慑西域，也在唐皇心中留下深刻印象。玄宗拔擢高仙芝为鸿胪卿、摄御史中丞，代夫蒙灵䜣为安西四镇节度使，成了名副其实的中亚总督。

一千年已矣。英国冒险家斯坦因三度走过帕米尔高原,勘察了一千年前唐军行军路线,惊叹不已:"数目不少的军队,行经帕米尔和兴都库什,在历史上以此为第一次,高山插天,又缺乏给养,不知道当时如何维持军队的供应,即令现代的参谋本部,亦将束手无策。"又慨叹道:"中国这一位勇敢的将军,行军所经,惊险困难,比起欧洲名将,从汉尼拔,到拿破仑,再到苏沃洛夫,他们之越阿尔卑斯山,真不知超过若干倍!"

葱岭苍苍,雪水泱泱,余离葱岭仅一步之遥,却失之交臂,想此去经年,道友张鸿远行西域,彼行车途中,发微信于余,称"正在西天取经路上",余答曰:"代我看看葱岭。"张鸿君按下车窗,投目处,恰好正体汉字镌刻于焉:葱岭。彼大惊,真乃巧合!忙复余:"我此时正在葱岭之上!"彼停车拍照,感叹不已。

葱岭在上,天若有情,云上的日子,彼还会再等余另一个千年吗?此番爽约,只在几步之间,却意味了却夙愿的时刻走近也。

"葱岭,我会再来的!"余在梦中,对着喀什城,对着葱岭,大声喊道。

二〇〇五年九月十一日凌晨二时
写于复兴门外大街甲7号院

夏塔之思

1

也许是冥冥之中的感应吧，晌午过后，在夏塔河边一哈萨克牧人帐篷中吃过手抓饭后，终于登车，去祭祀大汉帝国第一位和亲西域的公主刘细君。

迤逦而来，山一程，水一程，考斯特盘旋而上，一觉梦至天边，梦未醒，汽车已戛然停下。昭苏县旅游局小刘说，细君墓到了。睡意犹在，懵懂之中远望，伊犁地界上，据传大汉帝国公主细君之葬地有三：一为新源县，背靠天山，放眼拉拉堤草原；二为特克斯县境内的"姑娘坟"，相传亦为细君公主墓葬；再一就是昭苏夏塔河谷。跨出车门，一汉白玉石雕兀立于天地间，茫然四顾，第一感觉便是风水甚好。整个墓园背靠青山，左边青山连绵欲飞，让人想到中华龙之图腾，右侧山麓似有卧虎雄睨，前方缠绕一条夏塔河。恰好印证了汉地风水之说。我暗自称奇，好风水，枕我青山，饮我冰泉，望我乡关子民，难怪乌孙国王族墓葬群落在此。

前不见乌孙人，独怆然荒原，几座犹如巨型蒙古包的青冢，次第而上，直抵山麓。华栋将张者车上讲儿时骗维吾尔族女孩的铅笔盒故事，编成维吾尔族童谣，边哼边行，引得叶延滨、杨泥夫妇、秦万里兄、王刚、张者、少君、小明和我一阵捧腹。不知不觉间，走至汉族娇娘石像前，仰首一看，系江苏省泰州所捐建。大汉美女大襟汉装，袂袖广舞，长裙匝地，似踏云而来。然，远山碧树芳草，突兀间冒出一尊汉白玉，与周遭自然风光颇不协调。遥想当年大汉公主由张骞护送，万里迢迢，琵琶弦断，远嫁一乌孙王，且是一古稀老汉，不知见面之时作何感想。此为大汉帝国公主和亲西域第一人。时隔不久，乌孙王薨殁，刘细君又再下嫁其王孙，福兮祸兮是灾是喜，唯有天知道。

问及细君公主缘何葬于此，而非伊宁之新源说、特克斯县的"姑娘坟"说。小刘称证据有三，一曰风水，二曰文物，三曰乌孙王者之墓。我愕然，此第一理由，与我第一感觉不谋而合。便问此高见出于汉地哪位专家。罗哲文。小刘脱口而出。

啊！竟与罗老英雄所见略同。讶然之余，我不免掠过一丝不安与隐忧，专家与作家的感觉如此趋同，感性乎？理性乎？问题是彼时乌孙国必兴风水之说吗？心中一个巨大问号被拉直了。

2

唉！寻幽未必要有古意。匆匆登车之后，人有些困顿。继续做白日梦,将大汉公主一缕芳魂和喟然长叹皆抛于车后,向夏塔古道驶去。

右拐,再右拐,蓦然回首,乌孙王墓地竟然成了夏塔古道之入口,风尘滚滚,冰河湍急,将历史蹄声、哭声和厮杀之声全都淹没了。换上景区之车,溯夏塔河而上,滚雪滔滔,山风袭来,流急浪高,犹如一首霸王卸甲的古琴催我入梦,乌孙王妃汉家女。神思仿佛穿越千年,来到汉武大帝的殿堂之上。

李陵兵败,匈奴铁骑越过焉支山,突破第一道屏障祁连山,剑指陇右,威逼长安。

"众卿家,有何良策?"一代汉武大帝坐于龙庭之上,询问殿下大臣。自汉高祖被匈奴兵围白登山,吕后掏钱解围救驾,换回刘邦,大汉三朝,屡败于匈奴,谁有破匈奴之策?

武将皆知匈奴铁骑厉害,大汉王朝步兵车骑,在匈奴战马铁流势如黄龙扑来面前,皆像稻草人一样的靶子,无法抵御,成了被绞杀的对象,武将面面相觑,不敢上策。

武将不畏死。可一提及匈奴铁骑便吓得面如土色,令汉武大帝有些失望,侧头问殿下文臣:"众卿,有何高见。"

"陛下,破匈奴之策,我大汉独缺天马啊。"张骞进言道。

"天马?"汉武大帝反诘道,"寻天马何用?"

"驯成天马方阵,方可抵挡匈奴王单于的铁骑。"

"哦!"刘彻沉吟道,"子文所说极是,然何处可寻天马?"

"乌孙国。"

"就是那位年过古稀，欲娶我大汉公主的蕃王？"

"正是！"

"不是说匈奴亦要与其和亲吗？"

"但乌孙国以娶大汉公主为荣。请陛下早日定夺，公主和亲，了却乌孙国一桩心事。铁心跟定大汉皇帝，这样既可得乌孙天马，又可内外夹击，将匈奴赶出祁连山，赶回焉支山。"

"区区蕃国，垂垂老翁，竟想我大汉如花似玉的公主，甚为荒唐。欺我汉家男儿无战力？"汉武帝反诘道。

"陛下，大汉不嫁公主，匈奴必嫁，若匈奴再与乌孙联手，我北庭危矣。"

"哦？如此说来我大汉王朝唯有远嫁一位公主一条路了？"汉武帝言及此，心中一片隐痛。他挥了挥手说："那就选一位宗室之女封为公主出蕃和亲吧，由张骞亲自护送而去，给我汉军引回天马，驯成铁骑方阵。"

退朝！

那天早朝过后，晨曦刚刚升起，汉武大帝回到后宫，雕栏玉砌胭脂泪，扶栏远眺，觉得自己大汉宗亲的女儿三步一回头，泪别中土，泪染胭脂红，眼帘仿佛在喋血。

晨曦浮浮冉冉，犹如一粒被砍去的人头，在空中飘移，汉武大帝不忍看皇城的天空。因为他的心也在流血。

3

心泪成河,哪里的溪水在湍急奔流?

一梦醒来,听雪浪滚滚。想刚才梦中编的那蹩脚的台词,心里一阵窃笑。梦语、梦呓,简直就是大汉民族主义心理作祟。不过,遥想和亲从汉高祖始,细君之后又有解忧公主,再有昭君出塞,男人打不赢战争,让女人献身摆平。难怪金朝诗人王元节嘲笑道:"环佩魂归青冢月,琵琶声断黑山秋。汉家多少征西将,泉下相逢也合羞。"

汉武大帝可是血性之君啊,何等雄才大略,哪会被一个区区小蕃所欺?宁要五十年战争,也要雪洗父祖之耻,换来北庭安宁。嫁公主是为了等待时机,以和亲换天马,换时间,大汉轻骑一旦练成,青年将军卫青、霍去病兵出祁连,过匾都口,于大平羌沟、小平羌沟灭了古羌,将霍城和山丹军马场纳入囊中。然后兵至河西,马踏匈奴,最后在焉支山下与匈奴决一死战,歼匈奴四万余人,俘虏金银匈奴王五人及王母、单于阏氏、王子、相国、将军等一百二十多人,降服匈奴浑邪王及部众四万人,一战鼎定河西。匈奴残部,唱着自己的民歌:"失我祁连山,使我六畜不蕃息;失我焉支山,使我嫁妇无颜色。"一阕悲歌动地哀。长调高亢,好忧伤啊,匈奴残部就这样唱着悲歌,撤退,撤退,消失于历史的漠风之中。

可是,后世历史学家翦伯赞对其灭匈奴却不这么看。一九六一年,翦伯赞应乌兰夫之邀,携范文澜、吕振羽两先生到内蒙古访古。

21

由西向东，行程一万五千里，历时两个月，写下著名考古报告《内蒙古访古》，提出了"和亲政策比战争政策总要好得多"的观点。并游昭君墓，吟诗一首，名曰《游昭君墓》："汉武雄图载史篇，长城万里遍烽烟。何如一曲琵琶好？鸣镝无声五十年！"一次和亲，竟然换来五十年和平，治蒙、治疆、治夷，究竟是和亲好，羁縻好，还是铁腕好，抑或恩威并重好，历史早有先例，得失成败皆已有案可查。

管他正史青史，抑或稗官野史，看景吧。我睁开睡眼。车窗之外，河谷里湍流挟着夏日溶冰，混沌成一条黄龙，奔腾而来，一代汉武大帝早已无影无踪，倒是当年张骞送细君公主而来的夏塔古道，在视野里浮现。

中巴车上的作家同人皆下车了。此时，河水中间有一石，小刘说，为千年之龟，在夏塔河中游呢。我们抵前一看，果然有几分神似。

那天晚上，在县招待所宴会厅，看到一幅巨照，乃黄花映衬五座雪峰，激动不已，问能否直驱雪山脚下。县委书记说可以，但穿越夏塔古道，却是非常困难之事，户外难度为八级。每年有不少驴友悄然而至，想沿夏塔古道翻越天山，皆越不过莲花峰上的悬崖、冰大坂和冰河，亡人之事时有发生。二〇〇八年，从北京来二十多名驴友，不告知县旅游局，却找了一位野导游，便去翻越夏塔古道。一周行程，因为准备不足，翻越冰河时，有两人掉入河中，被雪水冲了下来，尸体四天后于夏塔河下游河滩漂了起来。因为事先彼此签了合同，家人不便声张，也没有几个人知道此事。翌年，这支驴友队伍又来了，为的是纪念死去的难友，决定以穿越夏塔古道来纪念逝者。两天之后，再抵莲花峰下的冰大坂，有两位老板被困于悬崖边上，前进不了，后退不得，只好通过卫星电话向昭苏旅游局求救，恰好陪我们的导游小刘参与了整个营救过程，公安、武警纷纷上山，费尽周折，两天两夜才将这支驴友队伍救下山来。

"如果你爱一个人，带来他夏塔古道吧，这里有天下最美的风景，面对雪山山盟海誓，天山作证；如果你恨一个人，那就带他来夏塔古道吧，揽着他（她）纵身一跳，这里是最佳的殉情之地。"小刘说这是网上对夏塔古道的抒写与评价。

唉！我有些遗憾，如果再年轻二十岁，也许我会跟着驴友队伍，翻越天山，走一走当年东晋法显和大唐玄奘踏过的这条历史之道。

谈笑之间，夏塔宾馆已在河那边，中巴车在桥头停下，预定了次日上午十点来接我们，可是还有一公里行程，唯有步行。好在来时大家多已减负，只有叶延滨、杨泥夫妇拖着一个箱子，咯吱咯吱从地下划过，我背着摄影包，手提衣服，倒是轻松洒脱。过了桥后，突然见一位骑士驰马而来，踏起一片风尘，到了我们跟前，盘马俯身，问道，有农家乐，住否？

我们笑笑，告其早已订好了宾馆。越过那段修路地带，再上一辆景区的中巴，向夏塔一家四星级酒店驶去。

下车之时，陪同而来的宣传部副部长说，晚上八点吃饭，还有两个小时，大家可休息片刻。我与秦万里兄共住一屋，相约放下东西便去拍夏塔之美景。

4

一步一步走近雪峰，满地野花，与蓝色的塔松、雪峰相映。远处，谁道美景入梦来？冥冥之中，我仿佛看见一个伟岸身影在正前方时隐时现。

那个骑在高头大马上的身影，一定是送细君公主和蕃的张骞吧。将帝国公主送到了乌孙，嫁给七十多岁老国王，实现与乌孙一起击夹匈奴的意图，并将十万匹天马送至大汉王朝后，他又继续南行，从夏塔古道翻越冰大坂而过，终于走向汗血宝马的故乡大食国。

持节乌孙，再纵横大食。可是却将细君公主留了下来，她一定受不了这羊膻的味道，望着中原哭过。一个汉家公主，沦落大荒，冰天雪地，故乡不可望兮，唯有痛哭。她曾经一次次登夏台高处，企望越过天山，北望中原，可是雪峰遮挡，高天之上，故乡不可见兮，唯有一群黄鹄掠过。于是，蘸着自己的血泪，留下一首《黄鹄歌》："吾家嫁我兮天一方，远托异国兮乌孙王。穹庐为室兮旃为墙，以肉为食兮酪为浆。居常土思兮心内伤，愿为黄鹄兮归故乡。"黄鹄远去，羽落长安城，据说汉武帝看了这首诗，亦为之动容。愧为一代英主，愧做中华儿男。

正是在这凄凄惨惨悲悲怆怆之中，细君公主咽泪装欢，浑浑噩噩，虚度华年，没过多少年，便怅然而亡，埋在了乌孙国的王陵之中。背靠苍山，左倚青龙，右拂白虎，可远眺故乡长安。

殿堂之上，汉武大帝得知细君之殁，拍案而起：都怪我大汉无铁骑，无男儿。终于，年轻将领卫青、霍去病站在庭前，向大汉皇帝执锐请缨，臣愿为陛下效犬马之劳，兵出祁连山，攻克匈奴老巢焉支山。伫立于朝堂之上的太史公记下了这一切。

苦战多年，西域打通了，灭了匈奴，亦平了西戎羌，大汉王朝疆域扩展至葱岭以南，汉家烟雨北庭风，庞大的帝国因为有了天马，沿着西域山岭曲线，将自己版图扩张到中亚地域。

可是此刻，我却看到一袭红色袈裟于前方飘逸，一个苦行僧的背影踽踽独行，离我们越来越近。

那位苦行僧，应该是东晋法显吧，他从长安出发，已经走了三年。

该翻夏塔古道了，我不知道穿着草鞋的法显是如何翻过冰上大坂的。时光已经过去一千六百多年，这里户外运动难度等级仍旧是最高的，亦最难攀登，可是一位背着行囊的苦行僧，却有如此胆量，一支孤旅，几位苦行僧在天山古道千山独行。

从有炊烟金帐出来，法显已经走了十五天，或许当时穿越的就是今天的夏塔古道。越过殊险高绝的峭壁山崖，度过高悬索桥，他仰天叹道，这里是殊方绝域，唯有汉朝的张骞、甘英曾经抵达。

法显走过了，唐三藏走过了，一代代中土的高僧大德，背着苦行僧的行囊，一步一步地爬越天山夏塔古道，横亘在远方的还有空阔无边的塔什拉玛干沙漠，可是他们却以一种宗教般的执着，往葱岭天外的佛国走近。

5

我与秦万里兄向塔松之上的雪峰靠近。我一直以为雪山神山皆有灵性,唯有对自然心存敬畏,对一草一木、花鸟鱼虫怀有悲悯之情,心生佛缘之人,才能赢得雪山神山撩开神秘面纱,一睹雪山之美。

那天晚上,听了县委书记介绍,我就祈盼着一睹夏塔雪山的神韵,融入遍地黄花之中。

斜阳正浓,雪风吹来,将莲花峰的云层吹开了,天穹呈现出一片蔚蓝,一道夕阳之光抚摩在雪峰上,追光似的落在黄花丛中。极目眺望,莲花峰侧,一座雪峰又一座雪峰,渐次袒露,惊现于视野。我想起当年读张承志《夏台之恋》的感受,他一一历数世界上著名雪山,北欧阿尔卑斯山、美国至加拿大的落基山、日本富士山和内地三山五岳、太行昆仑,最终得出结论,夏塔一百多公里天山北麓的蓝松白雪,是这个地球上最美的地带。那时我年轻,游历不广,对张承志关于天下风景的判读深信不疑。而人至壮年,走遍神州角隅,看过风景无数,囿于军人之身,阿尔卑斯山、落基山、富士山自然没有亲睹,可是中国大西北、大西南和藏区的神山雪峰,几乎一一近晤过了。就雪山之美,藏区十大神山,自然要数云南的梅里雪山最美,珠穆朗玛、南迦巴瓦、冈仁波齐、贡嘎、阿尼玛卿和巴颜喀拉等等,皆无法媲美。但是若拿藏区十大神山与天山夏塔莲花峰相比,平心而论,我认为梅里第一，夏塔第二。张承志也许恋夏塔过深，是被一种多民族的融合所吸引。一个台地，住了一个民族，推开一户人家的柴门或金帐，便又换了一种语言。记得那天，言及《夏台之恋》，湖北作家陈应松面露不屑，说张承志写得不好。我后来回家再读，当年的膜拜感尽失，应松兄的感觉是对的。然而，此一时彼一时也，用现在的眼光看承志兄的写作，自然有失偏颇啊。可是也透出一个迹象，此行昭苏，作家之间有点像打擂台的味道，看谁有感觉，写得好，意境佳，陈应松执意要写天马行空。我辈老矣，没有那么多饱满的激情、才情，唯有望先贤的项背，写几个人的背影、侧影吧。

雪风吹过来，云层聚集起来。莲花峰在一次次的斜阳下袒露无余，渐次用长袍遮住了自己。我坐于地下，让秦万里兄帮着拍照，然后伏身贴地躺于黄花之中，静心谛听，马踏飞燕，我听到的不再是大汉天马之蹄，而是大唐汗血宝马的响鼻长啸。

哪里飞来了响箭之声？

6

夕照下，雪山苍茫，恍惚间，历史情景再次闪现。

东风又绿昭苏草原，细君公主眼中的黄鹄再也没有回来，可是，天空中却有灰头雁的鸣叫，大唐名将高仙芝仰望天山雪峰，对安西节度使夫蒙灵詧说："中丞，出发吧。"

那天清晨，夫蒙灵詧伫立于点将台上，为出征的大唐战士壮行。

豪饮之后，唐军将土碗一摔，在中亚历史舞台上，盛唐的一位伟大将军登上历史舞台。彼将长剑朝天一挥，划破苍穹，锋刃直指葱岭之上的小勃律国。但是，一万多名唐军兵出天山，一路向西，必须逾越夏塔古道。

为什么叫夏塔？高仙芝回头问身边幕僚判官封常清。

将军，夏塔乃突厥语，天梯的意思。

大唐军队面前，何止横亘着一道天梯啊，天山、葱岭，一座比一座高，一道比一道险啊。

夏塔横亘百里，天山暮雪。然而唐军挥师南下，马蹄声碎，从容踏上天山，开始千山寂静、高寒缺氧的艰苦行程。万里奔袭而来，当时唐军士兵皆有私马相随，即每个步兵由个人的马驮着辎重，后勤粮草在规定的时间内都能得到保障；高仙芝对于西域地理颇为了解，专择平坦宽阔的山间谷地行军，使唐军的困难降至最低。然而翻越夏塔古道，自然艰辛是不可以免的，后来他僚中文士封常清记下了这次艰难的历程。

岭上一夫当关，万夫莫开，可此时的冰大坂上一兵一卒未见。高仙芝所率的唐军登临山口，必须沿冰川而上，别无蹊径。这里有两条冰川，冰川的源头就是山口。这两条冰川长度都在十公里以上，而且冰川上冰丘起伏，冰塔林立，冰崖似墙，裂缝如网，稍不注意，就会滑坠深渊，或者掉进冰罅冻死。高仙芝担心士卒惧怕艰险不敢下岭，便选遣二十余人装扮成阿弩越城的奉迎使者，从岭下攀缘而上，假称阿弩越城人前来迎接，以消除兵士恐惧心理。到坦驹岭时，士兵果然恐惧不肯下，并对高仙芝说："大使将我欲何处去？"话未说完，其事先派出的二十人恰巧从岭下赶到，并说："阿弩越城胡并好心奉迎，婆夷河藤桥已斫讫。"婆夷水（即今克什米尔西北吉尔吉特之北印度河北岸支流）即古弱水，水上架有一座藤制桥，是小勃律通往吐蕃的唯一之路，断桥则吐蕃不能入援。高仙芝闻奉迎之语后，假装闻讯欢喜，兵士听后，畏惧心理顿失，唐军得以迅速下岭，向阿弩越城进发。

次日清晨，婆勒川河流速变缓了，河水变浅，唐军迅速渡过了婆勒川，竟然"人不湿旗，马不湿鞯，已济而成列矣"。高仙芝见此情景，兴奋不已，对边令诚说："向吾半渡贼来，吾属败矣，今既济成列，是天以此贼赐我也。"趁着晓色，高仙芝指挥唐军攻城。吐蕃守军怎样也想不到唐军会劳师万里，神兵天降，大为惊骇，仓促上阵，慌乱之中只能依山拒战，滚木礌石如雨而下，不可攀登。高仙芝任命郎将李嗣业为陌刀将，下令说："不及日中，决须破虏！"李嗣业手持一旗，领陌刀手自险处先登，奋力杀去，自辰时至巳时，大败吐蕃，斩首五千级，俘虏千余人，余皆逃入山谷。唐军缴获战马千余匹，衣资器甲数以万计。

高仙芝乘胜追击。唐军疾行三日，到达坦驹岭（今克什米尔克什北部兴都库什山米尔峰东，是兴都库什山著名的险峻山口之一）。

时隔一千四百年后，从帕米尔高原上走过的大探险家斯坦因，他看了当年高仙芝走过的道路，充满溢美之词惊叹："高仙芝比起欧洲历史上拿破仑和苏沃洛夫诸名将越过阿尔卑斯山,有过之而无不及。……这一军事壮举最能够证明,中国人具有一种超群的能力,那就是,他们善于利用严密的组织来征服任何严酷的自然困境。"

7

夏塔古道就在前方,依稀可见。于是,在那一瞬间,我感到心满意足,彼时,满地油菜花里有红衣娇娘闪现,有汗血宝马腾空,有张承志写过的《夏台之恋》风光于前,还有他认为是世界最美的雪山与村庄。于是,我和秦万里兄一步步地向雪山靠近,一步一景,一道光影一派绝地风光,让人惊叹不已。夕阳初下,惯看了雪山落日之美。

天色开始黯淡,该回去了。这时坐旅游车而去的华栋、王刚、张者向我们挥手了。向他们靠拢,我想起这几天在车上张者向我讲的一个故事,皆与夏塔古道有关。作为在南疆长大的老新疆的后代,张者爸爸妈妈都是开过康拜因的拖拉机手,他对人民解放军解放新疆全境的历史了如指掌。他说新中国建立之初,北疆匪患太盛,为了歼灭一支盘踞在天山以北的国民党匪军,打掉昭苏一带的土匪势力,王震将军手一挥,当年南泥湾麾下老部队,原359旅护编为717团团机关率二营和骑兵营官兵,就从南疆的温宿和库车出发,赶着长长的骡马队,经过木特儿特谷底山道,还有一种说法是穿温宿大峡谷,靠谱的行程,就是从夏塔古道过来。同样牵着战马,一步一步地爬上了莲花峰上的冰大坂,有多少战马滑下冰谷,又有多少战士牺牲冰河,只有那些幸存者知道。抵达北疆，剿灭匪患后，被改编为农四师十团，后称72团，驻于新源县。这与当年高仙芝率领大唐帝国军队翻越夏塔古道一样迷人，一样具有挑战性。当高仙芝的唐军翻越夏塔和帕米尔高原，堪称一个战争的奇观，使得葱岭以北大小三十六胡部落，皆臣服于大唐。可是高仙芝也太狂妄了，借着唐玄宗李隆基万千宠爱，居然为了当时葱岭一个富裕小国的财物而发动了一场战争，虽然俘虏国王，掳走人家珠宝金银细软，但是那个国王的儿子跑到中亚去搬兵，于是，一场怛罗斯大战，终至唐朝大败，从此中华帝国的版图再没有越过葱岭以北之阿富汗、吉尔吉斯斯坦、土库曼斯坦和哈萨克斯坦的领土。伊斯兰教西渐、灭教之战，天山以南佛教寺院几乎全部陷落。

我与秦万里兄一直追着太阳拍，拍到最后，暮色沉沉，夏塔古道沉落于黄昏之中。张承志说这是世界上最美的风景，其实不无道理，毕竟每个游者心中都有一道绝地风景线，只是因心情而已。

归去，胡不归去！默默地向雪山行了一个膜拜之礼，驱电动车回到宾馆，天幕上尚有一抹未消失的晚霞，这道霞光，拂照过刘细君、张骞、法显、唐三藏、高仙芝，然，逝者已矣，我想，这道霞光只会永远留在夏塔古道上。

辑二

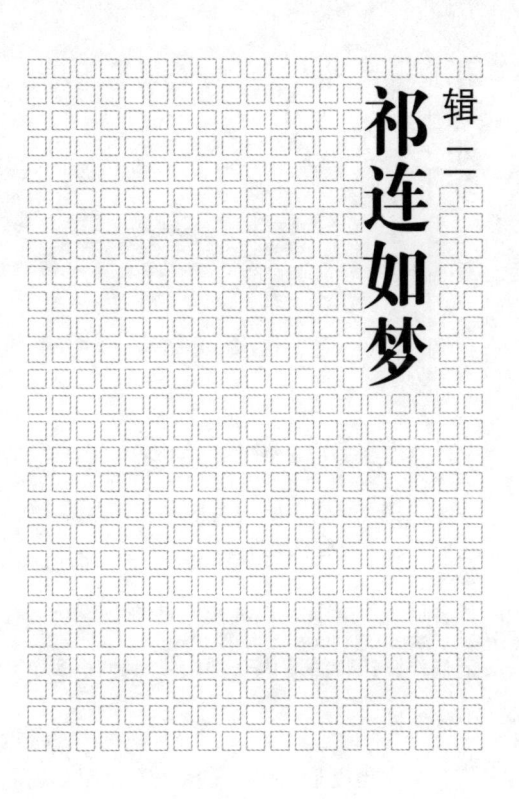

祁连如梦

祁连如梦

青海多名山、神山、雪山,雪山苍苍,湖水泱泱,一句"青海长云暗雪山",足见彼乃雪山众神居住之域。然,神山绵绵,雪峰耸入云间,横亘千里,欲与天公比肩,谁可一览众神山之小?仁者见仁,智者见智。终有一伟人出来裁判,毛公云:"横空出世莽昆仑。"一语定乾坤,让青海境内众神山——阿尼玛卿山、巴颜喀拉山,甚至祁连山皆黯然失色。

余少年投笔从戎,知人民军队坚如磐石,美誉昆仑,故对兀立云天之昆仑景仰久矣,以仗剑昆仑为荣,为豪。三十年间,九越昆仑而过,观苍山如血,披襟岸帻,喜芄野如海,辗转于青藏线上,掠大荒之美。然,仅感昆仑之雄,却不见雪山之媚之柔。

其实,以余十六趟西藏之旅,观卫藏及四大藏区之十大神山,唯余之故里云南梅里雪山最美。其云谲波诡,非有缘有福之转山众生,不可见卡瓦格博之真容,此非妄语也。

余之朋友任少强,乃当年青藏铁路采访相识,风火山之少帅也,一战成名，盖国之英雄也。五年前，兰新高铁新建伊始，其率队伍入祁连，筑祁连山世界高铁之最高隧道，全长十六公里有余，海拔皆逾三千六百米。因余青藏铁路之拙作《东方哈达》，将彼及许多英雄定格为青史，故多次邀余上祁连游览。

仲夏之时，北京溽暑难当。余随《人民文学》采风团赴天马故乡新疆昭苏，一朝归来，飞抵夏之凉城西宁。由大通、门源入祁连山。斯时，余已入祁连 N 遍，然，大抵在山之阴甘肃一带，感环境酷烈，未觉祁连之美。此次入山，时值门源油菜花开，暮色之中，入祁连山1号2号隧道之工地，闻一群铁兵后代之壮士坚守雪山五载，历经碎屑流、大地硬力和水流成河等九九八十一难，终贯通也。盖一群可亲可敬可悲之英雄也！

是日，余为睹山丹军马场匈奴焉支山之景观，从祁连山高隧穿行九公里而过，游览小平羌沟、大平羌沟之绝地风光。感当年灭羌之匈奴与大汉军队雄姿，仿佛蹄声未远，未寂。然则此乃亚洲之最大牧场，遥想当年，匈奴单于与大汉军队逐鹿于焉，青年将领卫青、霍去病剑戟划破蓝天白云，留下道道海棠喋血，最终一将功成，匈奴大败，退出祁连山，撤离焉支山。单于仰天而叹："失我祁连山，使我六畜无蕃息；失我焉支山，使我嫁妇无颜色。"千余年后闻之，悲歌也！

历史已远，白云悠悠。千年军马场寂然如斯。唯有满地油菜花之金色方块，连天灿然。余与知弱、忠竖等醉入花丛，沐浴雪风而歌，翩跹而起，歌兮，蹈兮。

吾等乘铁骑而行，与古战场渐行渐远。穿越山丹军马场，行七十公里之远，皆为一睹焉支山之岸然。抵时，已是午后三时许，仰首而望，觉焉支山禀赋平平，未入。寻一农家乐，匆匆午餐。然后过霍城，与霍去病之雕像擦肩而过，往扁都口入祁连。

彼时，乌云滚滚，山雨欲来，余等于扁都口换乘等之久矣之警车，再度驶入祁连山之中。踏雾而上，踏暮而归，驰骋百余里。经历一路风雾雪雨，美景扑入视野，目不暇接，终入祁连县城，彼城被称为东方瑞士。再入城观景台上看山，芳草萋萋，迤逦连绵，美极，令余仰首嗟叹：仙境也！

知弱者，乃《青海湖》人文版主编是也，才女娇娘，散文名世。环青海湖之神山圣水、花鸟鱼虫，皆凝其笔端。见余喟然感叹，彼曰：此祁连县入门之景也。大美青海，天上仙阙之景，非卓尔山莫属，观者无不激动。余闻之，将信将疑。

黄昏泛起，天裂一罅，夕阳拂照于红土山涯与茜草之间，亦红亦绿，倚窗而眺，美如玛吉阿米惊世，醉也！是夜入一火锅店，涮牦牛肉，小酌数杯，微醺之中步入瑞士街，倚廊桥而浴风月，月晕云浮，如梦如幻，曼妙无边，恍如临宫阙也。

祁连如梦染茜红。是夜，余沉入温柔之乡，如一轻羽，浮浮冉冉，沉沉落落，天马行空，云润雨飞，祁连入梦来。

八面皆景卓尔山

夜宿祁连县城，海拔已逾三千米，却不见今夜难眠状，亦未被缺氧憋醒。环顾入城时，周遭山坡，雪松林林，远芳连天涌，油菜花如火如荼，气候温润，此乃人类宜居之地也。

今宵酒醒何处，祁连山中，霜风月白。冷月仍在天际，人却一枕寒山入梦。入梦吟，吟尽风花雪月。恍然之间，余竟成一匈奴王、氐羌之酋长，携娇娘远游，驰马天边牧场，醉入花海，轻抚茜草，享尽云上日子。

醒时，天已大亮，楼下街市一片车马喧。余最关心者乃天气，拉窗帘一角，极目之处，山壑云涌，霞光拂照红山绿草，甚是壮美。幸哉，不似昨日烟雨祁连。

早餐后，便匆匆驶向卓尔山，此为今日行旅重要一程。昨晚入城时，散文家辛茜称卓尔山为祁连山风光之最，登者莫不激动。窃以为此评论情感成分太重，谁不说家乡美，何况《青海湖》人文版主编？

小车盘旋而上，沿途正建别墅木屋，皆模仿瑞士风情，一如昨夜所游之瑞士街。茫然环顾,西洋建筑俯仰皆是,显得不伦不类,颇有点拾洋人牙慧之嫌,此乃中国官员兴文化旅游产业之弱智之举,遭世人诟病。余向来不以为然。途中,观车窗两边建筑,皆千篇一律,不禁喟然长叹,祁连山便是祁连山,古已有之,禀赋天成,雪景绝色,何必借东方瑞士风情下海,可从匈奴、羝羌与吐谷浑民族元素遗存中,寻找图腾,打造中国的祁连,令天下景仰之,观者熙来攘往,不绝于道。

卓尔山果如辛茜所言吗?谈笑之间,小车转了两道弯,驶上一个高台,卓尔山旋即掀开神秘盖头,露出仙境一角。余从车窗远眺,目被景牵,神情为之一振。一片台地之上,旷野无风,油菜花正盛,连天为金黄方块,直抵另一个高台之山脚,与沟壑山脊之间红砂岩点缀的小草相映生辉。晨曦初现,一层雾霭犹如轻纱,阳光从天河漏下,浸染其上,斯时一道道山脊横亘于山间,袒裎无遗,沐天河而舞。此序曲,便将余惊诧了。

车往东行,缓缓而上。东边一隅,一条偌大沟谷平缓远去,黄花直抵天边,山岭曲线皆凹凸有致。从云间透下来光束,一道道,一簇簇,一片片,一块块,追光灯似的从油菜花地上掠过。明暗相间,苍山相映,白云相吻,晨雾缠绵,不离,不散,不舍。远处村落,偶有几声鸡鸣犬吠,疑误入桃花源也。

桃源梦境不绝于眼。车子向东而北,车窗东侧,又是一景,近处,塔松高耸,中间,则是红绿相间的山坡,再往上则雪线褪尽,雪山之巅遭冰雪蹂躏至今，玉肌香销，唯剩下瘦骨嶙峋之山峰，几片旗云飘绕其上，似匈奴王、吐谷浑王之招魂经幡，迎风飘动。

　　上至停车场，跨出车门，憬然四顾，东北之隅又是一处绝域风景，令余驻足停留，径直往停车场北缘走过，伫立而望，恍如临宫阙天台。投目远处，一片红砂岩山脊迤逦而上，芳草连缀成片。而河谷中间，竟然一条公路横亘山间，村舍、城郭、小河、红土路散落人间。俯首之间，缩小则为一幅山水巨轴，放大则是一座天上宫阙，不知何年何月，坠落人间。

　　走吧，自有好景还在后头。辛茜主编见余沉迷于美景，狂拍一番，丽人之色又添几分怡然。问余：徐君逛遍神州，见过如此绝美之景乎？余曰：未见，借句大俗之语：祁连风光甲天下，卓尔归来不看山。辛茜笑道，真俗了，不配此仙境，离开祁连山，须留下一句精妙之语。呵呵！

　　入大门，登旅游车逶迤山间，回眸四野，苍穹之下，正东、东南、东北一隅，皆可称一步一风光，一台一山水，一山一画意。车抵卓尔山高台，一步跃下，余便被正南方风光所惑，一条大沟壑，纵深十数里远，油菜花漫溢无涯，黄色条块切割村舍、山峦、塔松、小河点缀其间，其景致纵深直达远山，墨云远村，阳光裂云，连成天边地平线之景。向西眺望，祁连主峰巍然于前，半山坡上，一座经塔兀立于西侧，风铎点点，风马旗迎风飘荡。极目处，则苍山青黛，岚烟袅袅，一条巨大旗云横绕于山间，犹如匈奴王旌旗飘缭，那融尽积雪之峰巅，犹如一位匈奴大将军，怒目金刚，昂高傲头颅，于风中怒吼。风中，仿佛匈奴民族仍在低吟，余信步于经塔前，转塔三圈，敬上虔诚一片。此刻经塔与苍山一体，留下白塔之影。再俯瞰西北角之河谷，乃祁连县城星罗棋布，四周绝地风景环绕，从高处俯拍，又是风光名片，非瑞士小城可媲美也。余转身向东，升至一高处，西北望，城郭连接之尽头，堪称巨幅油画。红砂岩的山峦，如一支大汉帝国的军阵，龙旗猎猎，御天马而行，每个猛士之身，皆红袍裹身，黑色战盔于颈上，驾长车踏破祁连山缺，白马御风，其宏阔之势，气吞祁连。余从前边半坡塔松之间，按下一个个快门，被一帧帧史诗般画卷所陶醉。时至晌午，须行四百公里，晚上宿天峻，还有一片片天上草原在前方，欲抽身离去，却依依不舍。余流连忘返之时，辛茜问余，祁连印象之主题词想好否？余答：八面皆景卓尔山。斯为记。

断崖千尺，花海有边

在卓尔山沉醉多时，不知不觉，时已至晌午，该与八面来景之地说再见了。下一个行程乃天峻县，系青藏高原东缘，祁连之南也，有四百多公里车程。依依不舍，三步两徘徊。壮哉，卓尔山，果然于最美时节向我辈袒露无余，一展天上宫阙、人间仙境之大美也。

匆匆离去，余以为，天下熙熙攘攘，凡观者，皆过客也。钟情山水之人，固有养浩然之气之虞。然，山河岿然，亘古永在，唯浮生如梦。短暂之旅，面向祁连，春暖花开，亦仅一游人耳。所谓仁者乐山，智者乐水，或情调，或境界，或浪漫，或虚空，或怆然也。余行走祁连，醉入山水之间，又有知弱相伴，观山玩水，抚花吟草，至情至性处，更有当年范公落日楼头，断鸿声声，临洞庭，披襟岸帻，清风梳裹，宠辱皆忘之境界，不仅仅寻风月风情风雅也。祁连入梦来，虽未见瑞士风韵，亦步步为景，四面春色，处处皆佳丽也，令余流连忘返。今将离去，疑又恍然似梦。欲吟诗作赋，却又显得多余。卓尔山才是真正吟者，一如其名，卓尔不凡，任何浅显矫情文字于焉，皆黯然失色。

归去来兮，胡不归去？下一段行程乃天峻之旅，其路漫漫，有两条道可至，一条沿山脊，翻祁连山而行，须绕道，多出七八十公里。另一条溯河谷而上，可直驱天峻县城。陪余者小弟忠竖，川大新闻系高才生也。刚入行不久，乖巧而善解人意，每行一处，众人皆喜。彼时，其刚打开谷歌卫星地图导航，锁定行车路线，走河谷之路，由电子地图引。车上四人，包括驾车者老公安王处、余及散文家辛茜，无一人质疑其电子地图导航之准确与否。

两条道路皆通天峻。辛茜云：天峻牧场，堪称天上草原，绝地风光，风景绝伦。余颔首称道，入仙境矣。通往天峻河谷之途，实乃青海省314省道，堪称祁连山中一条最壮美之景观大道，无处不飞花，无处不诗情。时时换景，风光扑来，满眼皆春色也。公路依野牛沟而行，青山空茫，云雾缠绕，郁郁葱葱，流云、雨幕，阳光于云罅之中投下，斑斑驳驳，道道点点，雨雾漫漶浸染，与裸露其间之红岩点缀相间，余惊呼：比之卓尔之八面风景，盖此地更一片镜花缘之美矣。其风光旖旎，大气宏阔，亦柔亦刚，令人有恍入天上人间之梦也。余等不时招王处停车，拍影留念。

人在旅途，前方乃一方陌生之域，不知归处。"前方灶头，有我的黄铜茶炊，但我们何时才能到达？"遥想青海诗人昌耀当年困囚祁连，行走此地，吟出天籁般诗句。余与老昌耀忘年之交辛茜谈及一代西部诗王，轶事历历，青山依旧，诗人已逝，冥冥之中，仿佛有天示神谕。

风过耳，野阔云低。复前行，天渐黯淡，阴风四起。然公路两边，则一片又一片野花浮现于前，崛起为高台，红紫蓝为主色调，青橙黄白点缀其间。雪风掠过，野花随风而舞，奔涌成潮，连绵为海，令人有误入香巴拉之幻觉也。余连连惊呼：停车，停车！

伫立于道旁，见花海有铁丝围栏，此乃牧民防别人家牦牛相侵也。余被花迷，不醉入花海，枉然此行也。故踩低铁丝，幸无铁蒺藜，也未缀铁倒刺，人皆可跨入。余便唤辛茜主编，入花海，踏花魂凌步，狂拍一番。茜草萋萋，娇娘丽影，时而化蝶，时而鹤舞，时而鸥掠，时而凤骞，犹如凰鸣凤逐，琴瑟之和也。余从相机视窗远眺，眼前远芳连天，岸边江流有声，远处则冷山如髻，空山旗云，犹如哈达天纵，天际间相缠无尽也。烟雨青山，花海无边，画意诗情兼具也，余曰：朝观花，夕可得道成仙也。

未入野牛沟，已观天上绝景，幸哉。怡然之际，至一公路岔道，左拐，道旁立一警示牌："前方修路，此路不通。"右拐，则入甘肃之西，相差千里也。唯有从左边入野牛沟，可通天峻县。此唯一之途。雨后崖上土松，偶有落石而下，顿时神经紧绷，战战兢兢。途中偶遇对头车，停车问道，通天峻也。

然，寂然道上，又行六十公里。过一藏乡大浪村，雨正大，从村中大道穿过，阒寂无人。盘旋上山，又行四公里，下至野牛沟河谷，见水泥桥墩已被激流冲断。断崖千仞，江流有声，湍流东去，望河水陡涨，滚雪滔滔，车楫不可过也。斯时，余等行车已经三百八十公里也，望天峻而不可逾也，唯有北回。夜宿西宁，仍有四百多公里行程。

沿途折返，铁马识途，从河边上至山顶，雨住，见一拾草菇之牧女。云：桥塌路毁已半月也。

悻悻然而归，沿途赏景。断崖千尺，花海有边，虽日行八百公里，而醉入一花海，又与知弱同归，幸事也！

最后一班绿皮列车

余入嘉峪关,已有多次。或与文友踏歌而行,或随师长一路向西,或携妻女朝圣敦煌,必经雄关,观长城万里,砺带山河,不计其数也,已觉此地再无吸余眼球之景观。

忽一日,青海女诗人肖黛大姐来电,欲组织两岸作家嘉峪关行,邀余参加。余云,踏遍雄关无去处,免矣。黛姐道,须荐一人,与彼一样量级。余脱口而出,秀海哥也。黛姐问,秀海何人?余答:重量级作家,《乔家大院》编剧。黛姐道:可。余遂给秀海兄去电,正巧,彼从未涉足西部。余轻击书案,此行非君莫属也。然,秀海兄却道,除非与君同行,否则概不揽此事。余无奈,恭敬不如从命,况行程中有离城市最近之"七一"冰川,亦不枉此行。

七月在望,飞抵嘉峪关,下榻于绿洲之中南湖大厦,数步之地有新凿人工湖,碧波如黛,水天一色,柳暗花明,小桥流水,令余惊叹瀚海之中竟有江南余韵。伫立窗前远眺,祁连雪峰触手可及,余惊呼:此雪景房也,如临仙境,堪比阿尔卑斯山。盖中国城市中不可多得之景观。然，翻阅接待手册，竟无"七一"冰川行程，余怏怏不乐，问何故。接待方曰，"七一"冰川乃高海拔地带，恐两岸作家登攀出危险，市长办公会遂决定不列此行中。余怅然，行西藏三十载有余，十五度上青藏高原，登雪山无数，且多在五千米以上，彼祁连冰川，与雪域神山相比，小兄弟也，当不在话下。肖姐善解人意，经多方协调，接待方破例，让余由一位导游相陪，坐酒钢驶往镜铁山铁矿的绿皮列车进山。余闻之，兴奋不已，称浪漫之旅也。欣闻中国铁道总公司宣布，至七月，绿皮列车全部停驶，斯乃唯一一列驶往天堂之绿皮列车也。

翌日清晨，余与导游小张、广东文学院院长育群兄一行三人，驱车驶往小火车站。斯时，站前一小空地，站有二十余人，一问，皆登冰川之人，旅者寥寥。余不解，遂问领队。答曰，夏日最盛时也不过百余人。余额手称庆，幸哉，幸哉，寂寞亦好，养在深山人未识，未必坏事。此可谋划高端旅游，提高费用，限制游人，少了旅客之践踏和惊扰，何尝不是冰川之幸。领队听之，先愕然，继而肃然。

晨风徐来，颇有些寒凉，等约半时许，小站上蓦然涌来一批蓝领，男女皆有，数百人之多，乃入镜铁山矿区上班之工人。

绿皮列车姗姗来迟。八时将至，终于检票进站，一看票价，余惊诧不已，九十多公里行程，居然才四元车费，可谓中国最便宜之票价。旅客皆上2号车厢，二十余人坐一节车厢，可一人一长椅，卧于其上小憩。十数载未坐绿皮列车，置身其中，浮想联翩，顿觉浪漫之极。行前，黛姐曾云：若行途之中，再有一场风花雪月之艳遇，更有一番诗情画意。余笑而不语。

梦断祁连。余半倚于长椅上，绿皮列车缓缓启动，车速颇慢，铿锵之声，摇得人似睡非睡，似梦非梦，恍惚之间，一条西域驿道在余之视野凸现，张骞、班固牵驼出塞，李广、李陵兵陷大漠，卫青、霍去病马踏酒泉，法显、玄奘家国万里，熙来攘往，风尘四起。犹若驻足雪山之巅，极目山河，顿觉天下之小，胸襟大焉。一梦方醒，车至祁连河谷之中，高山峻岭，白雪皑皑，壑谷纵横，寸草不生，绝壁入云间，危岩兀立，犹如虎踞狮卧，险境也。车行其中，恐有一声鸣镝，便有危石如雨落下，令人有匆匆逃离之惧。

车行约一个半小时，终抵铁轨之断头处——镜铁山火车站。下至站台，茫然四顾，四处皆矿山也。车上之矿工潮水般退却，骤然四散，空留一小火车站，冷冷清清，而"七一"冰川仍在三十公里雪线之上，静候我辈。余等换乘中巴，向最后仙境驶去。

山是英雄冰美人

"七一"冰川隐于何处？余登中巴往祁连山腹地盘曲而上，去亲近冰川。余身有幸，已亲近过青藏秘境之卡诺、珠峰、昆仑山与玉龙雪山和贡嘎雪山等诸多雪峰冰川。唯嘉峪关"七一"冰川距城市最近，仅一百三十公里。原以为会游人如织，观景大道上熙来攘往，然，不过二十名全国各地之散客，冷清矣。

领队每日上山，十几年之间一日不缺，称"七一"冰川发现于一九五八年七月一日，五十有六载矣。是日乃党之生日，故命名为"七一"冰川。随即，又大事渲染冰川海拔之高，空气稀薄、高寒缺氧，推荐一氧立得，称关键时吸几口，可救命，一筒卖六十元。余窃笑，用处不大，居然有人竞相订购。属领队捞钱也，余又不便说破，免破人财运，弄个尴尬。

车行山中，徐徐而行。海拔渐次升高，镜铁山矿区为二千九百米，与青海格尔木相近，却无彼处行步气喘吁吁之状。越往上行，中巴车愈显动力不足，负载滞力，初缺氧疲惫之状也。三十余公里路程,居然行驶一个多小时,近牛车也。行至一岔道处,领队云,翻过那道山脊,便是青海省之祁连、门源两县,素有瑞士仙境之誉。余暗暗称奇,与余下站计划行程,仅一山之隔。

山重水复,树木渐次稀少。芁野之地,有一标志,即无树处则为生命禁区,海拔已逾四千米,雪线渐露,高原地貌第次浮现。寒山雪原,祥云缭绕,风吹草低见牛羊。河滩尽头,芳草萋萋,不时有塔鼠出没,在草地上一跳一跃一驻足,引游者惊呼:此地亦有高原风情。将至晌午,终抵游客中心,其实再简陋不过,即一板房围成小四合院也。游者或购氧立得,或买方便面泡食,或吃自己所带干粮。余不觉饿,想登顶之后再补充食物,以免爬山受身体之累。

约过半小时许,中巴继续上行,一刻钟便抵公路断头。雪山迎客行,想冰川就在不远之处。

下车之始,前边山脊横亘数百级水泥台阶。嘉峪关宣传部一陈姓副部长曰,彼每年来爬一次冰川,亦借此检验身体是否强壮。至冰川上,竟解衣宽带,一丝不挂,与冰川最亲密接触,然后拍一照片存念,年年如斯。余惊呼大浪漫也。然上山之前,他曾屡劝余勿去冰川,称须步行十公里,步步上升,恐余难以为竟。余时以登雍则绿措圣湖为傲,远涉五座大雪山,皆五千米之上,并爬倒了两位老西藏,显然不将此冰川放话下。果然第一台地登攀时,余便在第一梯队,至石阶高处,已将与余一起来之导游小张、同人熊育群皆抛至身后,在余之前,仅为一少女一少男及男孩之父亲。

登高望远，雪山巍峨。进入第二台地，乃沼泽也，此时太阳仍照其上，路上干燥，唯两侧草场芳草萋萋，余与两少男少女竞走，或他们于前，或他们落后，熟了便搭讪。两花季男女，女者年十五，男孩年十七，皆上海学子也。

　　谈笑之间，余因拍照，屡落花季少年之后，斯时，育群兄跟进。余问导游何在，答曰，在后边。余问带干粮否。育群摇头，仅带水也。余云无粮可食，只好饿肚子。

　　以后，两少年与余或前或后，交叉比赛，余从未气喘吁吁。不知不觉间已至第三台地，是时，将至一高处，山高坡陡，乱石犬牙交错。登山已有一小时有余，前方最后一座高山横亘于前。天空黯然，冷风嗖嗖，冰雹袭来。余此时突然发力，将少男少女和育群兄皆抛身后，向冰川踽踽独行。在偶然喉咙拉风箱之中终于登顶，看冰川长长，犹如一冰美人横卧英雄大山之怀抱之中。

　　山是英雄冰美人。余蓦地犹记起昨晚微醺时，青海女作家辛茜寄语。余非英雄，乃一奔五过后之老汉也，因心情浪漫，故登祁连山麓，一睹冰美人之玉体也。

　　踏歌而归，虽未在"七一"冰川上拍照，却已经最大限度亲晤冰川。幸哉！人生莫过如此，仁者崇山、敬山、畏山，敢于挑战自我极限，纳冰川气象，吸山河英华，方有春风大雅之胸襟也。

未遇浪漫心亦安

绿皮列车返嘉峪关乃五时半许。余从冰川之巅折返,经历一天四季,先为漫天飞雪,继而冰雹霹雳,随后彩虹初现,因未戴帽子,仅一副眼镜挡风遮雨,狂雪飘舞,冷风拂面,余头上身上皆遭冰雨袭击,自拍一张,发于微信,见头发上衣襟上皆落冰雨残痕,颇有"老夫聊发少年狂"之状,粉丝皆称佳照也。

匆匆下山,入中巴车,终见为余与育群兄背中饭的导游张女士。彼递上牛肉,余大快朵颐,想刚雪山之巅,饿极,几度向背包客讨要牛肉干之窘迫,竟无人应,仅凭育群兄一块小面包支撑下来。

余狼吞虎咽,吃过牛肉,方觉有了精气神。静坐车中,仍有四五年轻人未至。回首此行程,不以为然也,冰川山道,不过如此,比去岁余登寻找班禅观相湖雍则绿措,七个半小时往返行程,五千多米的四座大雪山,堪称幸福之旅也。

待人齐,已至下午四时许,终可开车也。下至客服中心,取回押此处之军官证,然后朝镜铁山之小火车站缓缓驶去。行车途中,余小憩片刻，酣然入梦，梦回冰川，人间天阙，玉树临风，卧于冰美人之上，爽畅也。梦醒时分，已抵小火车站，却是小候车室大门紧闭，所有人皆站于水泥场地上，候半个小时，方放人入，且一一过安检，入候车室，仅有一铁椅，余入室早，幸挤得一席之座。突然间，大批下班之蓝领工人蜂拥而至。伫立至五时三十分，未见绿皮列车驶来。过片刻，导游小张云，晚点三小时。重返车上，暮雨重来，雨打铁矿之山，斯时，领队正结账，今日已赚一盆满钵满。

余问导游，列车何故晚点。彼打电话询问，乃途中历暴雨，风掠过，落石纷纷雨下，列车停一小站之上，不敢前行也。问何时可开车，答曰三个小时之后也。余嗟叹，今晚嘉峪关之送行宴赶不上也。只好给黛姐和辛茜发短信，祁连山中下暴雨，盖绿皮列车怕落石，不敢行也，晚宴勿等。

黄昏泛起，育群兄提出找一处吃饭，余赞成，便说与导游小张。答曰可。于是领队嘱开车，去桥头东边寻饭馆。育群称吃碗面即可，余亦附和。

重返归路，在镜铁山矿区纡徐而行，车行两公里，终于在一片老式红砖楼前戛然而止。众旅者皆下车，伫立楼前，茫然四顾，并无小餐馆。唯有五十年代建筑红砖房上嵌有职工食堂几字，"文革"时期标语犹在，导游领余等鱼贯而入，此乃镜铁山矿区一工友大食堂也。大群男工人正在就餐，多面片、面条，偶尔桌上放一盘辣椒爆羊肉，香味飘然。余嘱导游，炒几个小菜，食一碗面片足也。此乃一清真大食堂，导游小张点一土豆丝、一虎皮尖椒、一炒羊肉、一莜麦菜，另加一西红柿蛋汤，恰好四菜一汤。

余等在简陋大食堂就餐，乃多年未遇，惬意也。余发微信嘚瑟于粉丝，多数人不识面鱼何物。余曰：面鱼者，面搓之小片也，小且厚，似鱼状，游于碗中。斯时，辛茜发短信，曰喝酒正酣，独缺彼等，诚憾事也。余云：正吃面鱼也。斯时，旁边工人三五成桌，大碗喝酒，大口吃肉，三碗两杯烈酒，豪情天纵，且等风住雨歇，一脸满足，皆众生相也，此乃镜铁山另一景。

吃过晚餐，再返小火车站，绿皮列车仍未至，只好坐于车上，静候。至晚八点半，绿皮列车姗姗来迟，余等再返候车室，唯见过安检门，仍有女士翻查带大包小包者，余愕然：查武器乎？导游曰：查铁矿金矿石也。余等皆面面相觑。

终于欢天喜地冲上列车，一人一条长椅，夕阳正浓，残照斜射而入，讲登冰川故事，虽未见娇娘，未遇浪漫，可二十余位散客，个个心安，坐于长椅之上静候，无一烦躁易怒之状。至晚上九时半，绿皮列车已晚点四小时，方缓缓启动，驶离镜铁山。未遇浪漫心亦安，此乃敬畏山神归来，冰美人所赐也。

辑三 云南看云

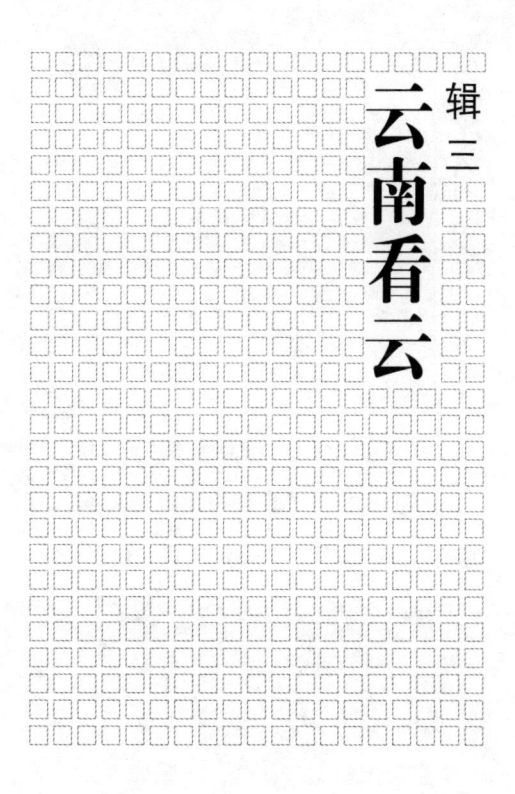

父亲的烟标

云岭就在前方，在转经的路上。

车里放了暖气，在梅里神山前冻僵的身子渐次暖和了，大脑有点迷顿。余沉入梦乡，金沙江在身边渐行渐远。金沙水拍，云梦寒山。

第一次知道金沙江，年仅五岁，父亲递了一角二分钱，令余到老街买包金沙江牌香烟。父亲年轻时不吸烟，而立之年遇一场劫难，劫波难尽，愁结不解，故吸起了烟，一天两包烟，烟瘾好大。

余跨出门槛，朝西，步履如飞，行数十丈，便是一家杂货店，高高铺搭上，摆着一个个桶状玻璃瓶，水果糖、话梅、青果、橄榄应有尽有，卖货的是一户付姓玉溪人，舌音如鸟语。余伸出小手，纸币已被手浸润，怯生生道，一包金沙江，却目不转睛地盯着玻璃罐瓶的棒棒糖。金沙江离余很近，棒棒糖却离余很远。手攥着金沙江回家，举看烟盒，这是一条什么样的大江啊，两岸绝壁，高峡入云间，一头巨龙夺山而出，奔流入海，乱石穿江，甚是惊心动魄，巍然山影将余覆盖，铜汁般的江水将余淹没，飞扬童年的想象。将烟盒递给父亲，看他撕开卷烟壳，抽出一支，叼于嘴上，一边吸一边干活，悠悠、过瘾，神气之极。蓦地，余以为，父亲的身影一派伟岸，一如此时视野中的这座男性神山。天井里，纸烟袅袅，圆圈一个接一个，腾云驾雾，随着最后一个红点黯然下去，金沙江亦随之寂灭。看着烟壳渐次空了，余伸出小手，向父亲要过来，小心翼翼地撕开压平，做成了烟标。或叠成小飞机，执于手中，朝蔚蓝的天际轻灵一掷，在乡场上放飞自己童年梦想；或折成一只小纸船，等一场梨花雨后，溪水淌过老街的石板路，余赤脚徜徉街心青石板上，水淹没脚背，膝深，躬身放下小船，漂流自己少年的希望。余冥想，小船随雨水溪流，流入故乡的宝象河，流入那条奔腾的金沙江。

那一张张烟标，成了做数学和作文时的草稿纸，算计着余的明天，也白描了余的童年。

此后，每当父亲将一角二分钱递给余时，余总是兴奋地跑出大门，站在杂货铺搭前大声道，金沙江，金沙江！其实，皆为那张铺平的烟标。

杂货铺的铺搭渐次矮了下来，余长大矣。十六岁从军去一个遥远的地方，为父亲买金沙江烟的任务，次第传给三弟、四弟和五弟。

十九岁那年，余当上军官，领到第一个月工资时，我数了数，五十四元五角，在一家人年收入不过二百元的贫困年代，余一月的工资，对父母而言，不啻是个天文数字，足够给父亲买五十多条金沙江烟，两年也抽不完。可是，第一次探亲时，寻遍昆明城，再也不见童年买过的金沙江了,原来这种属于底层大众的纸烟,早已停产。

金沙江纸烟连同余的童年,成了一段历史,一种欢乐抑或苦涩的记忆。消失了,消遁在岁月的云烟里,可是我一直在默默寻找那条童年梦中的大江。

未曾想到,余再一次见到金沙江,人已至不惑,却不在余之故乡,而在遥远的西藏。

上世纪九十年代人间四月天,余随西藏自治区老书记阴法唐从天而降,飞抵藏地昌都。沿三江并流处大香格里拉境迤逦而行,伫立于横断山、怒山、云岭之巅,俯瞰金沙江,绝云气,背青天,大风起兮,一路穿峡凿谷,浪击云水,深谷滚雪,磅礴而去,声震大峡谷,令余骇然。待近抵金沙江畔的岗托藏居时,一湾金沙江水,蓝如宝石,静似处子,令余愕然。

父亲早已不吸烟了。那年夏天,他与老妈来京小住,洗澡时,余忘开煤气热水器,淋了几分钟冷水,咳嗽数日,胸痛不已。带他到三〇四医院检查,竟罹患肺炎,医生令其禁烟。等病愈时,父亲烟瘾顿失,一支不抽。余愧为人子,父亲慨然,说他三十四岁始学抽烟,六十四岁戒烟。三十年河东,三十年河西,此时非彼时,人生如梦也。

春风大雅彩云南

人间三月天，在我之故乡昆明市，连着三位市委书记中箭落马，其为仇和、张田欣以及最近刚履新八个月的新任书记高劲松，皆先后被拉下高头大马，摔得惨状非常。时，网络上浮出一条微信，云：三位党的市委书记落马，昆明不哭！我颇不以为然！州官贪墨被拘，昆明城郭之父老乡亲该燃鞭炮庆贺，何哭之有？！更犯不着为几个贪官而哭，不值啊！何况此三公皆酷吏也，贪赃枉法，借国家公权任命，本该做一名人民公仆，却不爱民，不亲民，高高在上。仇和新任之初，便败象初显。城中村强拆，为的是一己之私的利益链条，将老家建筑老板带入昆明市场，横戈滇池之滨，批地征地，想拆就拆，根本不顾百姓死活。这位被媒体宠坏了的"宠儿"，戴着所谓"改革家"桂冠，从县官、州官一路走来，强势施政，未现半点亲民之风、恤百姓之情，更何谈敬畏！任职一方，只为自己政绩工程，不惜损害一座城之百姓利益，哪有一点当年父母官之道？

我辈非落井下石者。曾几何时，仇和初到边陲履新，南方一些媒体期许甚高，极尽誉美之辞，仿佛所谓"仇和新政"会照亮云之南天空。令其昏昏然，不知天高地厚，高高在上，不视民间之疾苦，不问小官之劳顿。拆临街防盗窗一例，便是笑话。彼不治城市之安，却卸百姓防盗之窗，何来夜不闭户、路不拾遗，开太平胜境？开会之时，因了下属打瞌睡，便将其撤职，时汉官威仪尽显，淫威愈演愈烈，盖绅士风度一丝不存也。每次巡视昆明城池，倘有女官员相随，因其大步流星，随行女官员不敢怠慢，唯恐跑掉高跟鞋。乍显能吏之风，其实一派酷吏之状，亦能愈酷，却大受媒体喝彩。不可否认，仇和于昆明，在治理滇池之上，亲当河长，让上游水清，绝水葫芦，断生活排放之水，颇显绩效。然，其让昆明科、处级干部纷纷出滇，招商引资，规定任务，完不成者皆以丢乌纱帽相挟，则未免过分。遂一夜之间，长三角、珠三角一些能耗大、淘汰之企业引滇，完全与昆明温婉之城、清洁之城、宜居之城、旅游之城相距甚远，乃治昆之一大败笔也。再则，为一城绿化，置云南为东南亚植物王国于不顾，伐百年家树，改种江苏银杏，甚至绿化队伍也从江苏带来，令人匪夷所思，觉得此公不是脑子进水，便是被利益所惑。

一位智者有云：要令其倒台，先让其疯狂。仇和之疯狂，在于没有权力制约。后任两位书记亦然。疯狂的结果，便是不受制度制约与监督，最终自绝于一片民风淳朴、百姓憨厚之地，有负昆明之父老乡亲，落得一个身陷囹圄、为民所唾的下场。

春风大雅彩云之南。遥想当年，春秋战国之际，楚国大将庄蹻入滇，是为滇王，系汉人入滇开发西南边陲之第一人，其军队在滇池之畔驻扎下来。后，汉武帝开疆拓土，习楼船，辟海上之路，由东南亚直抵印度，影响远及东南亚热带雨林。而诸葛孔明七擒孟获，皆显帝国之臣之大度从容。于是乎，云贵高原之少数民族，皆以开放包容之襟，博大之心，迎接八方流民。甚至被朝廷治罪之钦犯，皆赠其一片安妥灵魂之高天厚土。然，贪官酷吏们皆不懂珍惜。元跨革囊，云南大元都督府便建于今日之抚仙湖边，盛极一时，杀戮无数。然，百年之后，蒙古铁骑跃身战马，弃武事，登渔舟，成浪里白条，荒疏马背之上战事，渐次汉化、异化，融合于极边异族之温婉民风里，活过八百余载，且活得有滋有味。最幸运者乃万历年间四川新都状元杨升庵，其因为大礼议，仗义执言，遭受廷上棍杖之辱，险被活活打死，最后逐出北京，刺配云南路八千。幸哉，处于人生低谷之杨慎喜遇云南，贬谪温婉之地，那一张张憨厚的云南之脸，竟然露出热情好客之笑靥，善待新科状元郎，并以杨天官为荣。为此，彼亦如鱼得水，写下浩瀚诗歌赋。其最精彩之笔，便是《三国演义》开篇那首《临江仙》：滚滚长江东逝水，浪花淘尽英雄，是非成败转头空……

杨慎吟《临江仙》，五百年往矣。可此诗，却是云南历代官员之宿命与写照，不敬畏天地者，不悲天悯人者，不敬畏制度者，礼义廉耻尽失，国之四维既倒，纵使再是能臣、干城，宦海一生，是与非，成与败，荣与毁，从古到今，春梦、冷梦、噩梦和奢华之梦，终化作一场空，皆付于苍烟落照。而青山依旧在，几度夕阳红，唯有天地人心，惯看秋月春风。吴三桂如是，仇和如是，张田欣如是，高劲松如是，皆逃不出一个历史怪圈与宿命。

一块老墙土的寓意

忆余十六岁从军,走下云贵高原,投笔从戎去处,乃南方一莽林。范仲淹称此地,终年阴晦不晴,烟锁大江,夜雨潇湘,春则牛毛细雨,夏则潮涨池潭,秋后,万木萧索,寒林空山,一场冷雨连一场,渐次冰凝楚地,且数月不止。大莽林中,则瘴气横行,犹如瘟神巡弋于苍生之顶。

老妈担心余水土不服,特用棉纸包了一块老墙土,叮嘱道,若泻肚子时,可掰一块,入杯,沉淀,澄清,然后煮沸,服下可病愈。余信以为真,带之入行伍,几十年未扔。以后羁旅漫漫,几度迁徙,由南而北,二十五岁入京畿,年渐长,却不知老妈用意。而立之年不解,四十不惑方顿悟,原来老妈是让余不论走多远,地位爬多高,莫忘乡土、乡情、乡韵,常怀悲悯之心。

三十余载已矣。我辈也算功可光宗耀祖,想回乡时,却发现自己亦沦为弃子,故乡不可望兮,早已沦陷。或被强拆开发,或被千村并镇,或被一条高速公路碾过祖坟,或所有青壮年皆入城打工了,留下童叟妇孺，空阔村落，一片静寂，只有几缕炊烟浮浮冉冉。

炊烟袅袅，是每个游子归乡的坐标。其实，每位离乡的人，都是为了某一天归乡。游子风尘，瘦马西风，回家那一天，也许是金榜题名时，抑或洞房花烛夜，或许成为巨贾，返归故里，为的是不辱没宗祖之祠，乘辇而行。可是现在余发现，君无归处，卿无家乡，亦没了千古如斯的乡愁。

噫！血浓于水。唯有回到故乡，才能沸腾。没了乡愁，便没了在祖屋阁楼上听雨的屋檐；没了乡场上望月的谷堆、麦秸，自然就没了草丛树林里捉萤火虫的暮色苍茫，更没了诗意和浪漫。缪斯之魂、屈子之魂、游子之魂，归路荒芜，英雄剑侠、文人墨客、凡夫俗子之灵魂，皆无处安妥。

问卿能有几多愁？怎一个乡愁了得！乡愁是什么？是无病呻吟？是文人矫情？是病，还是命？

余以为，命也！

常怀敬畏之心

那天，女儿为我们订下回老家云南过年之机票，顿觉年关将近，春节已经不远。自父母六旬之后，我一家几乎岁岁回家过年，绕于父母身旁，贴春联，贴门神，换新符。大年初二，照例陪夫人回娘家，乡音款款，亲情无边，其乐融融。

然，游子归来，母亲对我这个离家最远之长子，唯一要求做之事，便是发挥我之长，为其写一幅烫金之"天地"。是日，老母亲心怀虔诚，照例去赶集，买两张四尺整张纸的红纸，备一小包金粉，一支羊毫大楷，回家后用酒精或汽油调制成金汁，铺陈于桌上，焚香三炷，令我洗手，擦拭干净。然后，新笔蘸金液，仿照已被香火熏黑之"天地"，重写一幅新作。我观之，"天地国亲师位"一行大字正书赫然于中央，不免怦然心动，喟然长叹，对一位目不识丁之老母亲，每天早跪晚拜，焚香祭祀，供奉于香案之上，居然是天地之大，国家最重，亲人与师长皆安。六字楷书，看似轻飘，却字字珠玑，血脉相连，一张烫金之神位，将天地、国家、亲师连为一体。再观左右，人间烟火浮冉于焉，右上角有观音大士，乃信仰也，右侧竖排，依次为东厨司命，乃吃饭也；再次为文武财神，乃生计也；先师孔子，乃教育也。左侧排序为田公地母，乃耕作也；镇宅土地，乃安居也；利市仙官，乃买卖也；最后徐氏历代宗亲之神位，乃血亲也。我饱蘸金汁，临池而书，骤然落笔，一点一横之间，皆供佛龛神位，一撇一捺之中，皆祭江山社稷，一折一钩之间，皆系亲情相依。千古如斯，中国人对于天地、社稷、宗族、人情、农事、生计、商贾，乃至生儿育女等，皆纳于其中，而最后落款处，竟然刻着家谱之上之所有宗亲故人。

我写成之后，见老母面露悦色，虔敬将"天地"贴于香案之上。自除夕之夜祭门、祭祖始，便上香供奉，三跪九拜，朝夕敬奉，月月如斯，天天如此。我伫立于一侧，心中陡然而生一种莫名感动，老母亲默默之举，实则是给我及弟妹们传递一种家庭、宗亲、群族、社会，乃至国家永远不可或缺之传统与信念，一举一动、一言一行，凝聚起来，不过两个字而已，敬畏！

人须有敬畏之心。古来贤者皆寂寞，多以"为天地立心，为生民立命，为往圣继绝学，为万世开太平"横渠四句，为至高之境，立世之宗。然，不知何时，吾国吾土吾民，突然陷入拜物教之魔咒，对古已有之天人合一之生活方式无情摈弃。与天斗，其乐无穷，与地斗，其乐无穷，与人斗，其乐无穷。不绝欲望，不省过错，不思救赎，穷奢极欲，向天扩张，以为天可无尽，向地索取，以为地载万世，向民攫取，以为民心可欺。于国不屑，以为国非我家；于师不敬，罔顾斯文扫地；于亲不亲，无视血浓于水。不敬天、不惜地，不荣国、不悯情，胆大妄为，恣意开发，巧取豪夺。结果，天罚终于悄然降临，也不知从何时起，我之寄寓三十载之京畿大地，昼不现蓝天，夜难见星空，雾霭满城，唯见水泥森林峥嵘于雾幛，大衢间巷没于其中，满城皆口罩流行。而我生于斯长于斯之赤县，江河污染，河流干涸，家园强拆，耕地被占，古村次第消失，清溪难以一觅，于是乎，青山绿水成为镜花园，逐水而居沦为土豪第。我从小便被告知之历史文化、道德信仰也崩裂于此，偶像黄昏，千秋青史均遭戏说，千古英雄多被嘲弄，官不亲民，民不信官，人不敢扶老于道，医不愿悬壶济世，教也不再无类于堂。令我嘘唏感叹，仰天太息，三十多载经济高速发展，而我之伟大民族何以迷失于此？其实，答案再清楚不过，皆对天地人心、历史文化、江山家国、亲朋故旧、师者逝者失之敬畏之情。

重提敬畏，为的是学会敬畏；学会敬畏，为的是少些霸气、匪气、戾气、痞气、俗气，于天于地，于国于族，于家于己，盖大好事也！

归去来兮。我将归去，回家过年，除夕之时，再为老母亲写一幅烫金"天地"，再随老母拜一回"天地国亲师位"，心中油然升腾的是对故国、对历史、对家园、对亲朋师长之温情与敬意。

忍将功名苦苍生

清明节过后，冷雨初歇，晴空历历，燕岭衔翠，花放京畿道，此乃帝都最美之季，可心里仍有湿漉漉之感，寒意未去矣。

忽一日，小弟从老家昆明大板桥打来电话，云，长水机场成立空港区，欲往西扩张，要在高速两侧建卖车之4S店，波及大板桥古街，不仅占了北边良田、菜地，其住了二十五年之久的高家埂亦划在线内，彼过去的和刚建的四层之乡间别墅皆在被拆之列。余闻讯，心为之一沉，抑或卖车只是借口，占田屯地才是王道，当下可暂时卖车，存地相望，待价而沽，以待地皮升值。果然，数日之后，拆迁赔偿出来了，老爸老妈两亩水稻田，每亩可赔十一万，小弟近千平方米之房产，总计赔百多万，电话中感觉其情绪不佳。良田将失兮，故宅不再，他将过上租房而居，等待回迁的日子。而余之女儿则在一旁惊讶，五叔成了拆迁户，一夜之间暴富也。余瞪了其一眼，故园将毁，乡村中国千年之梦玉碎，有何值得惊喜？！

哀吾同袍兮，民生不易。小弟生活于底层，与芸芸众生一样，在奔小康之途，全凭一己之力，血泪铸就，苦苦挣扎。初，买卡车跑长途运输，两口将幼女扔于老爸老妈处，载云烟辗转于全国各地，受尽车匪路霸之辱、吃拿卡要之灾，最终，悻悻然而退出。后，改到小煤窑拉焦炭，入昆明城郭零售，风一程，雨一程，霜一夕，雪一朝，不分春夏。因学雷锋，帮一同乡于坡道上修大卡车，拆传动轴，车子突然行驶，数百公斤传动轴坍塌，压其身上，拖拽数米，磨去一只耳朵，脑伤出血，腰椎断裂，九死一生，幸好人帮忙，捡回一命。却以残疾之身立世，继续勤劳致富。终倾其所有，于我家兄弟之间，第一个盖起了乡间别墅，斯为一道风景。受余之大舅表扬一番，赞其为徐家争光耀门。

然，昆明巫家坝国际机场东移，选址长水，一条机场高速横亘田园，小弟家两亩多水田被占用。是时，仇和主政昆明，强势城乡，鲜问百姓之苦。小弟稻田被占，美其名曰公益之举，每亩占地赔付九万余元，结果区、镇、乡、村各级层层截留，小弟每亩到手仅三四万元。余闻之，悲愤不已，却亦深感爱莫能助。只好宽慰他，幸哉，幸哉。比之前些年某些地方村官、乡官、县官，为拆一村，为占田园，动用公权力，甚至不惜用警，强拆家园，推倒民舍，逼得百姓无路可走，唯有往身上浇汽油，与祖宅同归于尽，悲剧一幕动地哀。小弟今日能赔数万，算是烧了高香。然小弟心中却空寥寥的，叹息道："良田在，心里不至恐慌。若遇荒年，小春绝收了，大春插一把秧下去，秋收之时，孩子老娘碗里就会有一碗米饭吃。而今已一无所有了。区区几万元,很快就会花光。"听此,余怅然,顿时无语。

不知何年何月起,中国地方经济搭上土地财政之车,野马般奔来,熙熙攘攘,皆为利来,不少城市房价陡涨,鬼城比比皆是。然城市扩张之步,并未停止。如摊煎饼,体量越摊越大,卖尽城市空地,又向城中村动刀,最终向远郊挺进。余之自大元王朝以降昆明城东通京第一驿,两公里长之大板桥古镇,未能幸免也。劫难将近。悲耶?幸耶?小弟之悲,先失田园,再失家园;小弟之幸,昆明城连续三任父母官贪腐倒台,强人不再,终可参照城中村标准赔付矣。

行文至此,余突然忆起许多年前读过之一对联:"岂有文章觉天下,忍将功名误苍生。"此联出自昆曲古本《千忠戮》。原联为:"岂有文章能济世,忍把功业误苍生。"余改几字,"岂有扩城富天下,忍将功名苦苍生",向乡村中国动刀者,醒来吧,为苍生计,为天地计,为华夏之万世计,给后代留点空间吧。

记忆中的年事

　　甲午年远遁,农历乙未年将至。那个周末,余与朋友谈完一部片子创作,坐地铁归家。时暮霭四起,北京城郭隐于昏暝之中。途中,余给女儿电话,老妈不在家,晚饭咋解决?

　　女儿答,老徐,带你上外婆家夜宴。

　　外婆家远在云南,远水解不了近渴。

　　可解近渴啊。此"外婆家"不远,离家仅数步之遥。女儿道,店址在金融街商场楼下,彼买了团购,四人餐才百余元。

　　天下竟有如此晚餐?!

　　余落座于圆凳之上,茫然四顾,前边排有四十多号,皆为晚餐而来。偶有语音报号,乃一女童声,奶声奶气:欢迎到外婆家就餐。

　　一声外婆亲昵之呼,勾起余多少尘封往事。

　　农历过大年,最幸福之事便是大年初二,五兄妹倾巢而出,沿老街石板路,东行,由四甲入五甲,至外婆家,请她吃年饭。斯时,姨妈家也会有表姐、表兄和表妹来接。余之弟弟妹妹人多势众,年龄又小，集合起来，兵力堪称半个班。余一声令下，兄妹五个分关把守，或倚门槛，或立堂屋，或伫楼头，或守井台，或候厨房，围追堵截，于最后一刻，终于将外婆挽于臂上，拽着衣角，拥簇而去，雄赳赳气昂昂出门，令表兄妹们艳羡不已。几乎年年得手，岁岁大胜而归。

时，外婆与大舅、小舅一起生活，为人民公社之蔬菜队，粮食国家供应，不愁吃穿，其年过六旬，仍为队里猪场养猪。然，每年，母亲会倾其所有，做十二大碗农家佳肴，鸡鱼兼具，请外婆来吃年饭，亦让我家弟妹过个欢喜年。彼时，余家老奶奶尚健在，比外婆大九岁，老姐妹盘坐于铺陈在地之青松毛上，互相敬菜，满脸喜庆。奶奶乃老街小康人家，绣楼上长大，而外婆则出自楚雄大姚县莫家友村，姓友，名娣，有彝人血脉。十三岁那年，父母双亡，步行千余里，来昆明大板桥驿投亲，寻在云南保安团当大队长之大哥。然，一个花季少女抵大板桥，竟遇一场劫难。大哥缉毒时，奉昆明杨县长之令，围剿贩卖大烟之牛贩子，毙毒枭于大板桥驿。岂料闯下大祸，此人乃省主席拐弯抹角之亲戚，后台甚硬。其被五花大绑打入大牢时，杨县长秘示，令其一人扛下。将来会捞其出去。彝人憨厚，信以为真，结果丢了性命。外婆抵时，举目无亲，拭去脸上之泪痕，沿古街挨家磕头，求好心人帮其装殓大哥尸骸，入土为安。后下嫁五甲黄家，改名黄友娣。从此，外婆一生极少说话，默默做事，默默为妻为母。即使偶与人语，低声细语，嘤嘤如蝇，并再未回过大姚老家。

在余记忆之中，吃过年饭，外婆会从大襟怀中掏出一块小手帕，打开，将崭新五张五角钱，分发于余及弟妹。初二压岁钱来得最迟，可在那个贫穷年代，却是余等兄妹得到唯一的一笔钱，买铅笔、课本、橡皮，甚至再买几个炮仗，皆可。岁岁如斯。后因压岁钱之事，二姨家表兄妹们争夺外婆吃年饭的战争亦愈演愈烈。

余十六岁时投笔从戎。行前，外婆将其积攒了一年的三块钱，令小舅赠余，并嘱，外孙出远门，此为她一年攒下来最大一笔钱，唯此相赠。余入伍后，一月六元津贴，十个月后，时值国庆，给家里寄上五十元，母亲穿越老街去街头邮局取钱，边走边哭，说这钱怎么省得下来啊。外婆闻知此事，逢人便说，我外孙知家冷暖，有孝心，必成大器。此乃她一生之中说得最多的一次话。然，余十九岁提为军官，一月工资五十四元五角，当年春节欲回家孝敬外婆时，她已远行天国矣。

几年前，余之故里大板桥古镇出版史志，寄余一本。偶然翻开，余愕然，人物传里，一门三传主，余与在省府为官的表哥皆列外婆之后，原来外婆乃云南省二级劳模，当年鼎鼎大名。寻其事迹，"大跃进"年代，到处放卫星，秋收时浪费之极，田埂、驿道、打谷场上，皆稻谷也。外婆于秋雨中默默地扫，浑身浸湿，集了好几吨。随后荒年，救了不少人性命，遂被评为云南省劳模。

羊年将至。屈指算来，外婆仙逝四十载矣，寡言慈貌依稀。然，最令余挥之不去的仍是大年初二之年饭，还有外婆那五角钱的压岁钱。

乡愁成了奢侈品

余少时，读马致远之《秋思》，竟被彼那苍凉悲悯之乡愁掳魂而去。可少年不知愁滋味，古道，西风，瘦马，游子亡命他乡，一骑绝尘而去，断肠人在天涯。却不知那个牵肠挂肚的乡愁多轻多重。

在路上，前方，夕阳西下，几缕炊烟袅袅，浮冉于村庄之上，一抹余晖，天空呈火烧云状，宛如凤凰涅槃，凤翥九霄，再看则似天马行空，更像吉象云驰，白唇鹿飞跃，盖美不胜举也。斯时，余之心头突然涌起青海一位诗人之诗句："前方灶头，有我的黄铜茶炊？"

前方何处，是余之家乡，还是彼之故里？对于一个游子而言，回不去之处，则为远方；回得去的地方，且作家乡。然，余站在京畿大衢之阳台上，蓦然回首间，故乡在彩云间，湛蓝湛蓝之天空，非京华可媲。其彩云缭绕，云垂得特别低，伸手可摘。憬然四顾，一年四季，一天四季，或三春杨柳，或九夏芙蓉，或十苇稻香，或秋风梳裹。清泉从黄龙洞流经暗河，于一座叫龙泉寺的唐代古刹大龙潭里冒了出来。寺院栽有唐梅，种了宋柏，元代紫薇开至荼蘼，庙不大，虽为三套院，山门、财神殿以及大雄宝殿,进伸皆不深,却应验一句古话,山不在高,有仙则名;庙不在大,有佛则应;潭不在深,有龙则灵。因此,不论余走多远,看到这美丽的夕阳、炊烟、村庄、粉红色的寺院,还有将至之时之小桥流水人家,便会有一种莫名乡愁涌动。

记得前不久习主席曾云:"让城市融入大自然,让居民望得见山、看得见水、记得住乡愁。"令人顿时有一种温馨之感动。记住乡愁,乡愁,究竟为何物?乡愁就是一个美丽的地方,值得永远怀念、频频回眸之故里。台湾诗人余光中心中的乡愁,少年则是一张小小邮票,中年则为一张窄窄船票,而后来,乡愁是一丘荒冢,母亲在里边,自己在外边。作为一位流浪海外的诗人,漂泊他乡、他国,如无根之浮萍,盖其乡愁比别人更刻骨铭心。

余十六岁从军,先潇湘,后武汉,再北京,余生有涯,因了一介文人,走遍祖国大好河山,踏遍空山、寒山、苍山,饮尽江南烟雨,凭栏远眺北国风光,观长河落日圆,叹大漠孤烟直,无定河边不写诗,马踏酒泉,祁连山下哭英烈,唯有一炷梵香祭雄魂。有一天,至天马故乡,感天马行空之独往独来,登高远望,独怆然泪下,多少楼台烟雨中,多少风花终成梦,盖英雄苦短,皆为红颜喋血当歌。然,浪迹天涯半生,偶情殇嘉陵,最后一刻终醒悟,故乡才是最终归处。无论荣辱沉浮,毁誉参半,功成名就,饮誉九州,富甲天下,穷奢极欲,终逃不出富不过三代之魔咒与怪圈。故所谓其荣亦焉,其勃亦焉,其衰亦焉,其亡亦焉。唯有血浓于水之故乡,唯有诗意温婉之乡愁，令人终生难忘。

然，时光匆匆，如白驹过隙，仅三十多年间，故乡已失旧时模样。回故乡寻找乡愁，便成了一种奢望。自从昆明城郭地盘往西迁，北扩，东移，尤其是那个叫长水之国际机场，搬出巫家坝，东迁至我家大板桥镇之东七八公里处之分水岭上。余之老街，一座两里路长的古老的驿站，随着小城镇改造，家家将立有木柱、木楼梯和木楼板及马头墙之祖屋拆除，失去自元代以来的古屋格局。遥想当年，全民炼钢，砸锅寻铁，先将东西城门拆了，随后，十年"文革"，南北扎子和城墙又毁于一旦，青石板路条石被撬去盖电影院和民舍。一切恍然梦中，盖桃花雨汛时节，东边日出西边雨，雨水流成小溪，由街东往街西流，宽敞的青石板镶砌之路面，雨水汩汩，清澈见底，可放纸船，余等卷着裤管，随一叶纸船而一路追寻，水花溅起，其水由五甲至四甲再至三甲然后二甲一甲村，由西街桥头流入槽河，经宝象河，终入滇池。可如今石板路不见了，沿街每家门口、窗下卖货或晒太阳之铺搭拆了。拆去了元代的老街龙骨，拆去了明代之老屋结构，最终拆去了故乡文化之魂。一个没有风情的老街，必沦为穷乡僻壤；一个没有历史之故地，必导致文化之贫血，一个没有风情、历史、文化和精神之故里，最终会顿失乡愁。因为，天下再也没有了值得你眷顾和回眸之地。

老无所归，葬于何处？于是乎，少小离家老大还，乡音未改，青丝染霜，将通京驿道上之瘦马，变成铁骑，嘚嘚蹄声换车轮滚滚，往故乡疾驶而去，也是这般斜阳西下之时，也是这般余晖融入西山睡美人之际，可是余梦中之故乡已经不再，桃花春雨，梨花酿酒，稻田鲤鱼游过，醉饮稻花之粉的田园，皆失，田园已毁兮，乡村中国之美景，再也不见。

乡愁何处寻，乡关已无，乡井废止。再也没有饮一瓢故乡水的清爽甘甜，再也没有淋一回故乡雨的清凉滋润，再也没有在古街上吃一块烧饵块的稻米芳香，再看不见晚饭时一群孩子端着饭碗将各人碗中卤豆腐、苦菜、腌菜、炒洋芋片或牛干巴你夹我碗里一块我夹你碗里一块之亲密无间。

于是乎，要寻乡愁，唯有到唐诗、宋词、元曲里去寻觅、品味。乡愁成了奢侈品！

乡村的眼睛

寄寓京畿三十载有余。

然，总觉得此地非余之家乡。虽在此娶妻、生女，却有无根之憾，无归属之感。既然远方无亲戚可走，便回归故乡，余故乡在遥远云岭之南。因此，每逢春节，余皆携妻女，飞回昆明城东之大板桥驿过大年。

对于远方游子，回乡之路，既轻松，亦沉重。无论你多辉煌，亦不管多背运，回乡之旅，皆是一场大考。历史上，多有光宗耀祖者，亦有辱没先祖者，更有落拓不羁者，也不乏穷困潦倒者，当然最多的乃默默无闻者。荣也罢，毁也罢，成也好，败亦然，家乡之父老乡亲皆以博大之胸怀接纳远方游子归来，也以犀利之睿眸审视之。这双眼睛，乃乡村之眼，代表着宗族、地域、亲情之眸，既明亮，亦温柔，既冷酷，亦温婉。若乃成功者，彼会一笑了之，若乃政坛失意者，彼会呵护备至，若乃贪墨赃官者，彼会冷眼以对，嗤之以鼻。故游子远游，不论在外边当多大官，或居朝堂之高，或处江湖之远，或封爵称侯，官拜封疆大吏，皆对故乡之眼睛，惮忌三分。大多数为官之人，在任上皆洁身自好，有为人当官之道德底线，以为百姓做好事、得万民伞，作为回归故乡之最大荣耀。

可是，也不知什么时候，因了一个红色激情年代，烧家谱，拆祠堂，千村并镇，古村落空空如许，仅剩妇孺童叟，乡村之眼罹患白内障，云翳密布，尽失监督之功。从乡村走出去之士子亦发生人格裂变，心域荒芜，荒草萋萋。再不顾忌乡村监督之眼，本来人之初，性本善。改革年，物丰满，钱如水，更欲望无边，贪赃枉法，大肆敛财，恬不知耻。即使贪墨事发，也不顾忌家乡之眼。一点罪孽感也没有，其之家眷，不以为耻，反以为荣，毫不顾忌家乡之千夫所指。

少小离家老大还。对于我辈文人骚客，却非常顾忌家乡监督之眼睛。因了父母年大，每次过大年，胡不归去？归至父母身边，听其唠叨，感其呼吸轻重。彼时，会觉得陪一天少一天也。斯时之父母已经数着日子，看人生之帷幕缓缓落下。更祈求儿子平安，然漫步家乡之老街之上，余顿时觉得有一双父老乡亲之眼睛在审视自己，监督自己。

故五千年岁月如河，人皆历史长河之一滴。人生苦短，来日无多，故无论走多远，皆忌惮故乡之监督审视之眸。

然，改革开放年代，国门骤然向世界洞开，随着物质生活极大丰富，人之观念随之而变。一个理想主义年代渐行渐远，拜物教大行于道。英雄被调侃，偶像黄昏，摈弃于荒芜之径，历史趋于虚无。那些我辈崇敬过之先贤，皆遭质疑，小人得势，贪官当道，鸡犬升天。毫不顾忌家乡监督之眼。

余闻有一官员，因东窗事发，拔出萝卜带出泥。查出贪污数千万，包养二房，生儿育女，被判重刑，缴其赃款时，其家人竟又哭又闹，毫无一点罪恶感。

泱泱之国，偌大华族，不知何时我们竟失却礼义廉耻。官无敬畏，民生戾气，国之四维，一夜之间尽废，一个官员身后之家乡之眼、道德之眼、监督之眼，被蒙上一层时代云翳，家乡游子蓦然回首故里时，那双千百年来监督士子入世的乡村之眼，已黯然失色。

故乡不可望兮，唯有痛哭。如今之乡村，千村空落，青壮年奔走于城市打工，古老村落仅剩妇孺童叟。随父母入城之民工二代，亦不可能再返故里栖息。声势浩大之小城镇建设，将遍及中国每一角隅，切不可千村一律。对于一些历史悠久之古镇，亦不宜一拆了之，应区别对待，宜留则留，该保则保。切莫因为千村入城，而将五千年乡村之眼睛从此消失了。倘失去了乡村监督之眼，荣归故里之人，不会有荣耀之光环，瘦马西风归家之游子，将无灵魂皈依之所。一步步远走他乡之莘莘学子，则无乡井可饮。被暗箭中伤回家疗伤之游子，再也找不到将息和安放灵魂之船。而那些贪赃枉法、买官卖官之人，再不会忌讳乡村之眼睛。

故乡之眼，充满了希冀，温馨而清澈。不论你走多远，爬多高，都会给远方之游子以力量与审视，令你低调做人，小心办事，兢兢业业，为官为人，对于天下游子而言，永远别忘了故乡之眼睛。

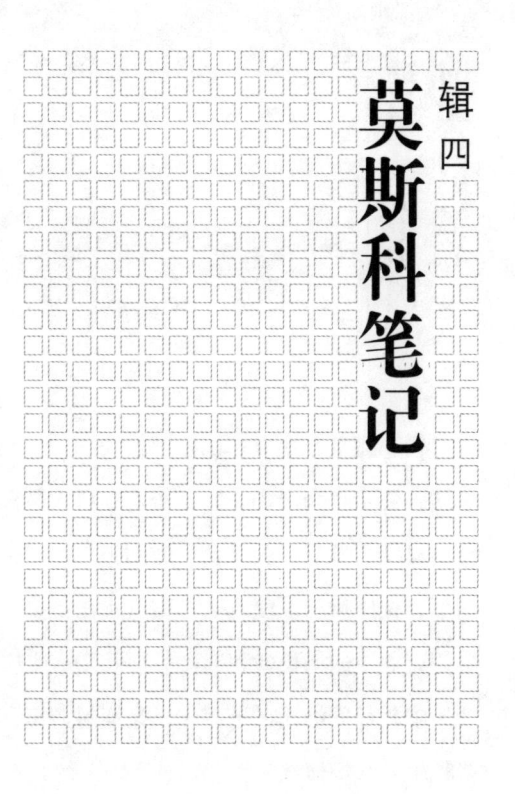

辑四

莫斯科笔记

红场，一个中国少年的红色记忆

去岁盛夏，余以中国作家代表团一员出访俄罗斯。入莫斯科城第一站，便是登列宁山。驻足于莫斯科大学前平台上，凭栏远眺，俯瞰莫斯科城。此时，为莫斯科时间下午六时许，一场雨后，斜阳从云罅泻下，抚摩城郭。虽乌云锁城，山雨欲来，可一缕夕照下的哥特式尖塔，宛如一柄柄长戟利剑，遥指云天，灿然生辉。

嗅着林间溢出的芳草味，余通过翻译，问一旁的俄罗斯作协奥列格先生，红场何在？克里姆林宫隐于何处？

老奥多次陪中国作家代表团，知晓尔等入俄国，最想去处乃红场也。曰：勿急，近日有雨，俟选晴空万里良辰时节，带诸位作家入红场，一览俄罗斯之风、之韵。

此后数天，莫斯科城仍阴晦不晴，时豪雨滂沱，时细雨如毛，时东边日出西边雨。我辈游克宫，谒高尔基故居，拜托翁庄园，与俄罗斯科学院远东所汉学家交流，流连于普希金、肖洛霍夫、陀思妥耶夫斯基铜像前，而红场却不可见兮，唯有神驰。

余之红场情结，源于少年，一个动乱年代，没有多少电影可看，翻来覆去就那几部电影，还要步行七八公里远，或在乡场上，或入军营，或去园艺场部，只为看两部黑白电影《列宁在一九一八》《列宁在十月》。影片的故事早已忘却，可克里姆林宫圆顶上高扬的镰刀斧头旗，巍然红墙之下，矮个子的弗拉基米尔·伊里奇·列宁，光着硕大锃亮的脑袋，挥舞巨手，一时风起云涌，多少信众紧随。"乌拉！""乌拉！"……潮声涌动，浩荡成一片激进、激情之红潮，巨大红场被裹挟着，翻滚着，革命浪潮遍及东方乃至地球每个角隅。斯年、斯景、斯人，永远镶嵌于一位中国少年之血脉、魂魄里。

明天就要离开莫斯科城，前往彼得堡了。早晨起床，数日不晴的莫斯科天空终于放晴，良辰美景，可入红场也。然，上午仍要与俄罗斯作协作家、诗人交流。我等与老奥喝了几场伏特加酒，异国他乡，语言陌生，可酒却是血性男儿最好的催化剂。可惜强大苏联盛景不再，作家、诗人头上的光环黯淡，沦为时代弃子，生活窘迫。他们对中国作家体制内安逸、舒适的专业写作，艳羡不已，痛首疾呼，中国同志可要珍惜当下，不可易帜变天，令我辈嘘唏不已。

吃过中饭，老奥带吾等参观新圣女公墓、莫斯科地铁雕塑等处景观，后才带我等前往余神牵梦绕四十多载之红场。

彼时下午二时许，阳光正好，洒在长街大衢上。一顿快餐匆匆吃毕，老奥带我等穿小巷、过大衢，终抵莫斯科红场。

红场，曾几何时，乃一中国少年梦中之红色记忆。余兀自而立，环顾左右，乃觉与梦中红场大相径庭。北侧为一幢红色哥特式大教堂，雄镇东方，一长狭窄街道蜿蜒而去，应为红场阅兵入口；东侧一排白色古建筑群，岿然百年，此乃莫斯科国家商场；西侧则为高高红墙，巨大圆形穹顶，仍旧金光闪烁，俄罗斯三色旗迎风飘扬，与云罅中迸射出的阳光交相辉映。云彩依旧，和风依旧，红墙依旧，城堡依旧，甚至广场上白鸽依旧，唯罗曼诺夫王朝、彼得大帝、女沙皇捷卡叶琳娜和偌大之苏维埃社会主义共和国联盟，皆灰飞烟灭，烟消云散。

徜徉红场之中，一个长方形广场，并不宽阔，仅为天安门广场十分之一，路面系四方小圆石镶嵌，凹凸不平，色泽黧黑，且呈上坡状。余惊叹万分，红场大阅兵时，苏联红军、卫国战争老兵，乃至俄罗斯军人，竟然踢出如此整齐雄壮之步伐。躬而蹲下，抚摸那一块块小石头，夕阳之下黝黑反光，沧桑悠远。每条裂缝石纹里，皆记载着改变人类历史的每一个时刻。俄罗斯人，总是用属于他们自己的激情、血性方式，让整个世界为之侧目动容。

余走至红场南侧，莫斯科河边，著名圣瓦西里大教堂缄默无语。风掠过，风铎清脆作响，悠远千载。

血性俄罗斯

余入俄罗斯,最想拜谒处,乃卫国战争纪念馆。离京前,一老战友特意叮嘱,入莫斯科城,不可不观卫国战争纪念馆。馆内,挂有参战师团之军旗,令余代其向伟大苏联红军行一军礼。

翌日,晨起。江阔云低,黑云摧城。俄罗斯作协奥列格姗姗来迟,气喘吁吁入大堂,曰上午行程变动,参观卫国战争纪念馆。

"乌拉!正合我意!"余一跃而起,恨不得抱住老奥,给其亲吻,令全团皆惊。

出门时,天已降豪雨,且越下越大。中国作协外联部白雪女士常随团入俄,连声称奇:"凡中国作家代表团参观卫国战争纪念馆,总遇下雨。"

上苍在哭啊!余喟然叹道,一场卫国战争,旷日持久,俄罗斯伤亡惨重,老天不忍看国殇壮士,泪流至今。

谈笑间,七十载岁月将近,车行至俯首山下。斯时,暴雨滂沱,声振如雷,似银指拨弦,弹一曲十面埋伏。从下车处至长廊,仅二十米，余等撑开雨伞，冲进雨幕，鞋子、裤管皆湿。拭去身上雨水，下至一层，存包，安检，然后入卫国战争纪念馆正门，一条长长甬道，长约百米，宽约三十米，由高渐低，直通前方一尊白色雕塑。头顶之上，水晶般帘子密布，参差不齐，均凝成一个个圆点，灯光相映，晶莹剔透。奥列格手指水晶灯帘，问吾等此象征何物。我辈皆猜不出。老奥曰：俄罗斯女人之眼泪也！

噫！我等皆惊，刹那间，皆被震撼。再往正前方仰望，汉白玉雕像，乃一位俄罗斯母亲抱着壮烈牺牲之爱子，悲恸欲绝，泪水如帘。

此馆造于何年？余问老奥。

上个世纪九十年代。

天！余再度惊愕，在一个崇尚国家利益高于个体生命之年代，卫国战争纪念馆策划、设计，已露出一缕人性之光辉。

左拐，入各展厅，走道上，鲜见历史照片，四个展馆并列，列宁格勒保卫战、斯大林格勒保卫战、莫斯科保卫战与解放柏林馆，均豪奢富丽，且皆实景和油画。余讶然，脱口而出，一百年、二百年后，五百年、一千年后，此可比中国之敦煌也。

因余谙熟卫国战争之历史，遂为同行作家王跃文、杨少衡、熊育群、肖黛、巴雅尔、白雪等一一讲来，令曾任苏联外交官的老奥惊叹不已。彼曾接待余之老部长徐怀中和莫言大师。讵料居然有来自中国之军旅作家，对彼卫国战争历史如数家珍，娓娓道来。老奥伸出大拇指，称中国作家了不起。余摇头，了不起的是苏联伟大的军队和人民，且看列宁格勒保卫战，一座城郭被纳粹军队围困了近三年，全城出现大饥饿，饿殍满地，哀鸿遍野，日日皆有人或死于门口，或毙于雪野及家宿区走道上；黑面包向士兵、工人和家属供应，最少时候不过一二两而已，有俄罗斯贵族以祖上几代人传下来的金银珠宝换面包，但因有规定，纵令其出再多金银细软，也不能换一块黑面包。二百五十万人之列宁格勒，沿冰湖逃走五十万人，因战争被炸死、打死、饿死五十万人，最后伤的伤，死的死，余下也不过几十万人而已。然，列宁格勒人民与军队团结一心，在朱可夫元帅指挥下，终于扭转战局，彻底击退希特勒虎狼之师。

踟蹰于斯大林格勒保卫战馆里，那全景式的景观，堪称卫国战争之一瞥。楼房多被德军飞机、炮火轰炸，终成断壁残垣，惨不忍睹。然，俄罗斯红军硬凭好男儿血性，保卫街道城郭，于巷战中立下汗马功劳，重振库图佐夫时代之辉煌，守卫一方天空，赢得最终胜利。

而莫斯科保卫战则在一个下雪冬天，庞大的红军集团，于雪地上之红场大阅兵，两旁皆是他们母亲、妻子、情人和女儿，俄罗斯女人噙泪送子、送夫、送父、送情人，而这些壮士走过红场，直奔前线。壮士一去，再无归兮，此即见俄罗斯军人之血性。

登上二楼，余见到行前老战友所说之军旗，但她不仅仅是卫国战争军旗，还有罗曼诺夫王朝以来赢得对外战争胜利战将雕塑与军团旗帜，悬挂天空，在风中飘扬，如灵旗一般。

拾级而上，左侧观光带上，竟是苏军官兵之遗体，一个个依次而列，垒积而上，犹如山一样，皆成坟地。一将功成万骨枯，正是这些官兵之遗体，垒进了胜利之神的三楼大厅馆。余流连其中，所有卫国战争英雄的名字皆镶嵌其上，余以一名中国人民解放军军旅作家之标准军礼，向英魂致敬。

俄罗斯不会忘记，世界也会记得，血性的俄罗斯。

走出卫国战争纪念馆，在尖刀碑下仰看，余发现，整个卫国纪念馆，形似一座巨大的圆坟，但灵火不灭，精神不灭。

新圣女公墓死与生

未入莫斯科城前，余便知有新圣女公墓，俄国"十月革命"之后的名流政要皆埋于此，一穴石冢，埋没了今生来世。然，尔曹身与名俱灭，不废雕像万古存。生者，死者，逝者，来者，一旦入新圣女公墓，皆凝固为雕像，死亡便成永生。

余知此墓地，缘于上世纪五六十年代在中国乃至世界鼎鼎大名的赫鲁晓夫，其黯然下野，寂寞多时。上世纪七十年代初病亡后，自然未能入红场，供万世景仰，便下葬新圣女公墓。弥留之际，赫氏给儿子留下遗嘱，点名被其迫害过之抽象雕塑家涅伊兹维斯特内为其雕像。于是乎，硕大的赫氏头像，由七块酷似俄文字母或几何图形状之黑白花岗岩组成，碑高约三米，黑白相间，组合错乱。雕塑家解释道：此可昭示赫氏人生，生与死，昼与夜，功与过，善与恶。此遂为经典之作。

彼时，余等去新圣女公墓流连。时至晌午，阳光灿然，一扫莫斯科城郭数日阴雨连绵。跳下车子，发现新圣女公墓地与人间仅一红墙相隔，墙内，逝者世界一片死寂，墙外，生者天地熙来攘往，一条大衢车水马龙。因无斑马线可行，余等横穿，疾驶车辆瞬间或缓行，或戛然停下，礼让行人。

入新圣女公墓，徜徉墓地的雕像群中，忽记起臧克家一句诗："有的人活着，他已经死了；有的人死了，他还活着。"下葬新圣女公墓者，无一例外皆活着。佛家往生之说，在此得到最大印证。

不知是俄罗斯作协奥列格先生有意安排，抑或线路使然，余等第一个见到者，竟然是叶利钦之墓，葬于新圣女公墓中央小广场一角，占地较大，雕塑乃俄罗斯三色旗，伏于地上，仍猎猎飘扬。余伫立一侧，遥想苏联崩溃之乱世。奥列格却做了一个出格之举，当着中国作家之面，朝叶利钦墓上之三色旗连跺三脚，喃喃自语，此乃俄罗斯之坏人、罪人。翻译白雪译出来后，余等皆哈哈大笑。

斯时，余最想见之地，乃赫鲁晓夫墓；最想凭吊之人，乃朱可夫、卓娅和舒拉。左拐，离叶氏墓十多米处，竟是苏联总统戈尔巴乔夫妻子赖莎之墓，真人高的前第一夫人美神雕像伫立于侧，坟墓上不乏鲜花，此足证俄罗斯人之公允、宽容。沿着左边之道，徐缓而行，余一直追问，赫氏墓地何处？白雪云，已专门安排，定能看到。然，赫氏不见兮，余却惊诧发现了两位中国人之墓地，王明与夫人孟庆树。王明墓地与夫人墓距小径相望，仅隔数米之远，王氏半身雕像，身着中山装，梳一个大背头，目光炯然。而夫人之墓则为红色大理石，其上镶嵌一个小小彩色烤瓷照。王氏夫妇于上个世纪五十年代初去国，上个世纪七八十年代客死他乡，沦为孤魂野鬼，但令国人仍有一丝温馨与安慰者，乃其墓前鲜花不断，此足证俄国人不忘旧情。

终于见到赫鲁晓夫之墓地。赫氏铜铸头像，一如余见过其与毛公相见的合影照片，形神兼具，而几何形大理石黑白参半，寓意极深。据说，涅伊兹维斯特内设计出来后，辗转四载，无一家工厂敢做，还是赫氏夫人找了苏联总理柯西金，终获批准，一经问世，便成雕塑绝品，观者如潮，令勃列日涅夫大为嫉妒，令新圣女公墓关闭数载。

余在赫氏墓前，踟蹰良久。中国作家团已前行，独剩余一人。余虽不懂俄文，可仅凭一颗虔敬之心，似有神引，准确找到儿时偶像朱可夫，找到奥斯特罗夫斯基，找到卓娅和舒拉。卓娅全身塑像仰首向天，短发飘飘，双手被缚，衣襟撕破，刑前受尽纳粹官兵凌辱。余肃立于前，泪水不禁潸然而下。舒拉，一个红军战士的雕像，则在其对面默默相视。

终于追上中国作家团的队伍，白雪指一个白色大理方形石柱之上头像，告余，此乃斯大林夫人。余观之，美神头顶被玻璃罩着，中间被铁条锁住。余惊愕不已，云锁深宫，头罩雄主，斯大林夫人一生岂非正如是乎？！

新圣女公墓游览将尽，最后祭别的是俄罗斯芭蕾舞女皇乌兰诺娃的白色大理石塑像，娇娘婆娑，小天鹅舞姿翩跹而起，一如墓地里所有俄罗斯名宿政要，生时之舞，观众如云，死后之舞，观者不绝。

生态俄罗斯

夏天的莫斯科城,天空一半阴着,一半晴着,一如俄国人的性格,总是云翳与阳光,忧郁与血性相交,令人有些琢磨不透。晨出旅舍,天空中飞起小雨,而文学朝圣之旅,则是数百里之遥的图拉州,拜谒托尔斯泰故居。

人在旅途,车入苍翠。驶出莫斯科城堡,天放晴了,一路灿然。倚于车窗旁,远望天际之远,苍穹之上,天呈一片蔚蓝;近看俄罗斯大地,却是一块翡翠般的正阳绿。奔驰商务车箭一般疾驶入莽荡,车窗两侧,阔叶林、针叶松、亭亭白桦,遍地蒲公英,侵漫无涯,开至荼蘼。行百里,不见一座城郭;越高丘,不见一个村落,旷野尽头,更无几亩田园。极目所至,尽是荒野、荒草、荒芜,还有那一簇簇、一片片的白桦林,挟着林间红莓花儿的花香,氤氲黑土地的泥土气息,弥漫于天地之间。

斯时,车已行了两个多小时,却不见一座城池扑入视野,更无几片田畴连绵沃野。余愕然,问陪中国作家代表团行走于莫斯科与图拉州之间的俄罗斯作协奥列格先生，城在何处，田布何方，人居何村？奥列格笑靥兮兮，脸上挂着酒醉不褪的酡红，通过翻译白雪答曰：城在森林尽头，田被荒草淹没，人嘛，俄罗斯版图大矣，一千七百万平方公里的国土，一亿四千多万人隐没其中，自然见不到人也。老奥淡然说来，语气中却透着俄罗斯人天然的优越与自豪。

不能不羡其优越，不能不慕其骄傲。那天，余坐国航班机，飞越国界，进入俄罗斯领空。机翼之下，尽是无边无尽的葱绿，湖光山色，林海雪原，风掠无垠兮野茫茫，云洗碧空兮天苍苍。鲜见寒山大漠，沙海连天，更无村落城郭。入莫斯科城后，第一站便是列宁山，俯瞰莫斯科城池。蓦然回首间，城隐林间，林掩城郭，漫步莫斯科大学小径，远芳连红楼，碧树啼百鸟，林荫道上，四周溢着青草馨香。而整座莫斯科城，百年老宅依旧，百年雕像依旧，百年哥特式尖塔刺入天空，河环城郭，城甲林带，草绿鸟啼，白云簇拥，让人喟然长叹，此乃一座森林之中的城市。

遥望故国，坐地日行，巡天遥看，同一个地球村，同一片星空下，吾辈也曾骄傲千载如斯之乡村诗意生活，尔等也曾惊叹清明上河图般之宋城画境。然，小桥流水，古道瘦马，西风残照，汉家陵阙，千年流转，却毁于一旦，终成一抹苍凉记忆。试看今日之中国，天下熙熙，古村凋落，水泥森林横亘九州；天下攘攘，大衢小巷，尽是摩肩接踵；田园荒芜兮，黄沙满地，沙进人退，古村空落，或被拆，或被并，田地流失，若遇上一场天灾人祸，农民吃什么，谁来养活中国？城郭沦落兮，阴霾锁城，饮水不洁，广厦成梦，寒士蜗居，尔等在惊叹中国速度时，莫不惋惜中国生态和诗意之失落。

唉！图拉州将近兮，托翁庄园在望。且暂时撂下俄罗斯良心托尔斯泰先贤不说。彼时，余对俄罗斯帝国一代英主却顿生敬意，起源于乌克兰基辅之斯拉夫一族，十五世纪才建俄罗斯大公国，经两个世纪东征西讨，罗曼罗夫王朝终成帝业，国土横跨欧亚大陆。登峰造极时，强大苏联帝国版图一度达到二千二百四十万平方公里，盛极一时。成为世界上唯一可以与美国抗衡的超级大国。虽败犹荣，雄风依旧，一旦俄罗斯利益受损，其子孙们仍不失当年沙俄血性，拔剑而起，横戈相向，寸土必争。俄罗斯总统普京云，俄罗斯没有一寸土地是多余的。此乃对祖先基业的敬重、敬畏，可见一斑。故有车臣之战，外高加索之战，甚至刚刚发生的克里米亚之争，面对强大的西方，俄罗斯不惧战，不畏战，重拳出击，终占上风，此乃为祖先留下来庇护子民土地之争啊，生于斯，长于斯，故国虽大，子孙不争，谁争？故土虽饶，此时不惜，何时再惜？

生态俄罗斯，实乃血性俄罗斯之延续，浩浩之土，养浩然之气也。

俄罗斯的良心

去图拉州的行程很遥远,然,中国作家赴俄之旅,少不了要去托尔斯泰庄园拜谒。

抵达时将近中午,余等跳下旅行车,伫立于停车场上,茫然四顾,这里也着实太寂静了,偌大场地,仅有我们一辆车子,不像中国名人故居,车水马龙,游人如织,旅者熙来攘往。其实,清静也好,一个伟大灵魂是不喜欢喧嚣、嘈杂的。

走过停车场,托翁庄园对门,有几个木亭和木棚长廊,也像中国景点摊位,在卖旅游小商品。时值盛夏,各大专院校已放暑假了,却无人光顾,小贩昏昏欲睡,像托翁的庄园一样,冷清之极。

托尔斯泰庄园的大门洞开着,余与王跃文、杨少衡、熊育群、巴雅尔和肖黛老师步入其内。大门左侧乃托尔斯泰湖,湖面不大,周长不到一公里,却柳树依依,香草兰汀,波平如镜,亭亭白桦倒映其中,俨然一幅俄罗斯风景油画。湖可行舟,当年老托尔斯泰或坐于湖畔遐想,或荡舟湖上,融入自然。余凝视湖畔的长椅,仿佛看到老托尔斯泰的影子，只是他沿着那条林间小道，离尔等且近且远。

余在托尔斯泰湖边眺望、遐想之间，随团翻译白雪找来托翁庄园女解说员，一个漂亮的俄罗斯姑娘，白皙，娇小，一件紧身麂皮上衣，衬出袅娜之姿，蓝瞳闪烁一种羞涩和纯净，楚楚动人。余惊呼：冬妮娅。白雪掩口笑道，人家芳名叫加妮娜。

沿小路而上，加妮娜指着两旁森林娓娓道来，说哥哥告诉少年托尔斯泰，森林中有一种灵火在跳跃，托尔斯泰终其一生，都未寻找到。余答，他找到了。加妮娜愕然。余曰，托尔斯泰本身就是俄罗斯之精神灵火和良心。

呵呵！同行道友一阵仰天而笑。

托翁十九岁时继承了这个庄园。他当过兵，办过报，最终小隐于森林，蛰伏庄园，寂寞写作。远离莫斯科的浮华与喧闹，却引朝圣者如流。列宾、契诃夫等人，皆为座上宾，不时从遥远莫斯科和圣彼得堡而来，与之炉前夜话，相谈甚欢。然，他对罗曼罗夫王朝封建农奴制却痛恨不已，同情下等人，对贵族土豪们不劳而获的生活充满不屑，专门让出庄园，为仆人孩子办学校，有教无类，自己则另辟一幢二层小楼居住。彼时，朝云暮雨，日出日落，托翁一身长白衬衣在身，伫立于窗前，远眺白桦林，听鸡鸣狗吠、百鸟啼鸣，像农夫一样默默耕耘，完成了他最伟大的几部作品《战争与和平》《安娜·卡列尼娜》《复活》。站在一个道德、精神的制高点上，冷眼俄罗斯社会贵族之家的种种病态，在漫漫的长夜之中，点燃一簇簇照亮一个个民族心灵的篝火，让奔走于黑暗和寒冷社会中的人们触摸到了人性的暖意和温馨。颇有点世相皆黯，唯我独亮的境界。

余等流连其中，看已经被岁月褪色的书籍中，竟有中国先贤的《论语》《道德经》，足见一位世界级的大文豪，其实是吮吸着人类文明乳汁长成的。曾几何时，西方所谓现代派之流曾诟病托翁的道德说教，以当下的时代意见替代历史意见。此一时也，彼一时也，却无损托翁的光辉。

托翁晚年离家出走，此乃人生的必然。当一个作家与社会、亲朋、家人的抵牾抗争无法调和时，出走实为最大的解脱。托翁在一个风雪弥漫的小火车站了却一生，一如他书中美神安娜·卡列尼娜一样，不知是安娜归宿，抑或作者的宿命。

一枕小小的青冢，埋葬了托翁。这是世界上最奇特的一座坟茔。我等中国作家绕坟三圈，献上心香一瓣。

偶像的黄昏

飞抵莫斯科城时，黄昏泛起。车从大衢过，投目处，街道两旁、古建筑前，街心公园之中，铜像林立，频频入眼。余喟然惊叹：此文化之都也。时至日暮，年轻父母可带孩子徜徉林荫道上，俯仰之间，每个雕像皆一部历史，每个偶像皆一个传奇，文化俯拾即是。

余之崇拜之文学偶像，乃两位俄罗斯文学大师，前者为高尔基，后者为肖洛霍夫。其对余文学之影响，潜入血脉。年少之时，时逢"文革"，茫然四顾，无书可读，偶得高尔基《童年》《在人间》《我的大学》，读一个涕泗横流而怆然。知高氏出身木匠之家，从社会底层冒出来的，接俄罗斯地气。后念高中，彼时，课文选了高氏散文《海燕》，开篇颇抒情，记忆犹新："在苍茫的大海上，有一只海燕在高傲地飞翔……"文采斐然，激情四溢，折服余也。悄然将高尔基视为少年之偶像。

及年长，十六岁从军。在一片南国大莽林中，余始做文学梦。入湖南日报社学习，在图书馆中，幸与俄罗斯文化巨子肖洛霍夫相遇，四卷本《静静的顿河》令余倾倒，迷恋其史诗风格与沉雄气韵。

以后，挟两位文学偶像之膜拜，而成文学青年，而成中国作家。

斯时，余掩饰不住对《静静的顿河》之喜好，二十初成，三十而立，四十不惑，先后读过四遍，欲寻其要谛，借传神之笔。

下榻之后，见铜塑遍地，余兴奋不已。问翻译白雪，有高尔基和肖洛霍夫铜像吗？余要拜谒。白雪答曰，安排参观高尔基故居。翌日，细雨飞扬，吾等前往高尔基故居，车停十字路口边道，对面乃著名塔斯社，下车之喷泉处，竟是普希金和夫人铜像。向东右拐，百米之远，高尔基故居兀自而立。此乃俄国前富商之别墅，十月革命时，俄商匆匆离国，留下豪宅，遂成革命战利品。

上个世纪三十年代初，高尔基归国，当选苏联作协主席，当局奖其别墅居住。余等入高尔基故居，门可罗雀，观者寥寥，一个文化多元年代，冷清是无疑的。故居仍有俄罗斯大妈为工作人员，多垂垂老矣。从后门而入，玄关处有一门客房，一楼展厅多为高尔基用过之物品。登斯楼也，楼梯为一块巨大大理石雕刻而成，扶手呈荷花盛开状，豪奢之极。而二楼临街客厅、书房，皆嵌镶木地板，高大门框抵穹顶，门框和壁橱雕梁画栋，灯饰金碧辉煌，装饰尽透浮华，无不给人以挥金如土之感。余不时摇头，叹道，高氏老人，生于底层，乃从石缝里成长，住斯楼也，不接地气，怎可再写出体察民间疾苦之作。

果如余言。工作人员介绍，高氏住此后，郁闷不已，常太息不能哀斯民，文思堵塞。斯大林令他为其写传，可他对斯氏之专制颇多微词，一拖再拖。于是，斯大林连夜召见，秉烛夜谈之盛景不再，苏联执政者对他渐次冷落。不久，爱子马克西姆亦因感冒身亡，相传乃觊觎其妻之契卡头目所毒杀。这对晚年高尔斯无疑是个巨大打击，他郁郁寡欢，两年后，竟也因患感冒而黯然谢世，留下遗嘱，欲下葬新圣女公墓。然，生时卑微，死时殊荣，却被苏维埃人民政府当作圣贤葬于红墙之内。余流连高氏书房前，皆嗟叹，高尔基死逢其时也。他离去不久，斯大林时代大清洗开始了。幸哉，高氏人已矣，幸逃过此劫。

出高尔基故居后，余仍心念肖洛霍夫。车行不久，在一街边公园戛然而止。余等下车，寻幽径而去，在一空地处，唯见肖洛霍夫铜像，坐于一叶扁舟之上，头发理得奇怪，非书生、非军人、非艺术家、非船工，而身后竟是万马竞渡的顿河。余伫立于年少之偶像前，拍下一张留影。

尊前谈笑人依旧。肖氏二十七岁写四卷本《静静的顿河》，一度被疑为哥萨哥白军军官之作。肖获诺奖，曾执掌苏联作协多年，尽享尊荣。然，余等在俄罗斯作协楼上与作家诗人交流时，看墙上挂满肖氏照片，老楼却光线黯然，一片衰败，年轻人寥寥。一代文化巨子及其偶像已日薄西山，坠入黄昏。

辑五 江南地舆

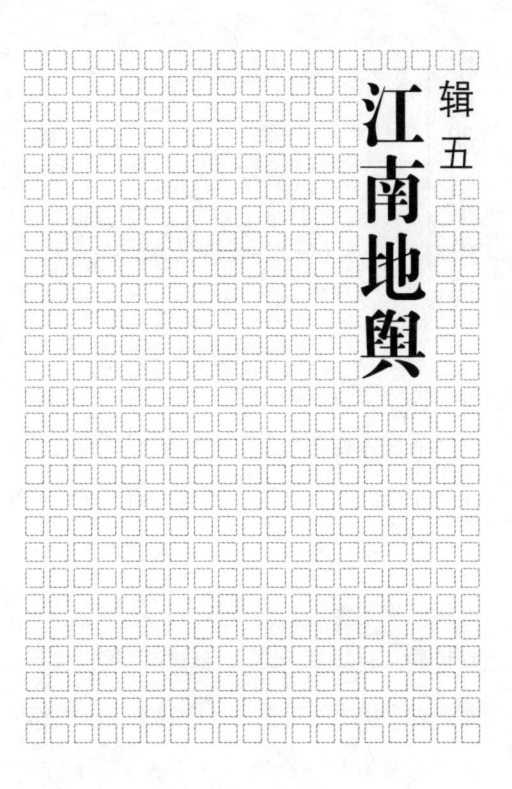

半山烟雨半山佛

数度入西湖小住，却不敢轻易吟诗写文，皆因自东晋以降，此地先贤辈出，书开兰亭，诗领大唐，词冠南宋，文兴晚明，吟西湖者佳作迭出。盛唐有白居易，大宋有苏子，晚明则有张岱、公安三袁，皆一代文章大家也。境界高古，文溢贵气、清气，诗讲格律，词却风行长短句。且写者大多出身簪缨之族，贵胄之家，书法皆临二王，诗书画皆雅，棋琴茶道俱通，令我辈难以望其项背，不敢轻易动笔。

那些岁月，余乃一文学青年。自上世纪八十年代始，便屡去西湖，多住杨公堤一带，或27号之陆军疗养院，或金溪山庄，离西子最近。或漫步白堤，感悟浔阳江头夜送客之乐天余韵；或流连苏堤，踏歌淡妆浓抹总相宜东坡春晓之境；或登上一叶轻舟，入湖心岛，最好是寒雪轻飘，独钓寒江雪，神晤蓑笠翁岱公，领略一点一横堤与岛张宗子之简洁。不知不觉间，三十载去矣。

那一天，恰好中秋节前夕，余突然接一短信，乃总政艺术局亚平老弟发来，云：中国作家协会杭州创作之家有一名额，可带家属前往，去否？几年前，亚平就问过余，去不去杭州创作之家，几乎年年给指标。余因太忙，皆一次次婉谢。屈指算来，已有数度。这一次，余以为不能再回绝，否则便不识抬举。再则，余今年尚未休假，写西藏八廓古城保护之书《坛城》，仍差六万余字未完成，可去创作之家赶稿也。

甲午中秋早于往年。仲秋之夜，月出东隅，余与夫人、女儿、侄子及司机夜宴于鼓楼西大街徽州故里，葡萄美酒，温婉情韵，微醺之时，相偕夜游后海。观冰轮镜悬，轻舟凌波，帝都烟云，嫦娥踏莎归来。然，王侯贵胄皆成微尘，浮名蝇利化作水沫，唯有诗心永存，亲情、友情千里共婵娟。

翌日早晨，余独行东南，登高铁去杭州创作之家，而妻女则去香港澳门。今晚余可在西子湖畔赏月。秋风月圆，酒醒时分，下次早中秋月圆，将再等三十八年，不知余君卿几人尚存？盖人生如梦矣。昨晚夜游京城后海赏月，十五月亮十六圆，今夜却风轻云淡之中，夜游西子湖边，幸哉。

是日中午，余抵杭州创作之家，距东南第一山灵隐寺仅北行二百米。此为上世纪八十年代巴金先生力主而建。余下榻之房间，恰当年巴老最爱下榻之处，坐北朝南，落地窗古色古香，可观北高峰之景也。离灵隐寺仅有百米之间，沾古刹烟雨，汲山川灵秀，远可听晨钟暮鼓，近可掬焚香林泉，俯可嗅兰桂茗香。窗外则为龙井茶园，早桂花开，暗香浮动，清馨盈室，乃一极幽静去处也。江南阁楼，粉墙黑瓦，回字形落地古窗相嵌，坐卧伫立之间，皆可观景，不逊西子半分,仙境也。余终了解巴老当年之良苦用心也。

时黄昏泛起,北高峰云垂林幽,山雨欲来。遥想当年,毛公住西湖汪庄,曾三度登临北高峰。余倚窗远眺北高峰,想当年一代伟人从汪庄驱车来此,于灵隐山后,拾级而上,凭栏拍岸,远眺西子湖,"南高峰,北高峰,一片湖光烟霭中。"不知毛公斯时,可依稀记得这几句宋词?

斯晚,暮霭四合,余邀同住创作之家之湖南诗人、吉祥寺住持灵悟同行西湖。灵悟每晚散步三小时,偈语曰:"不疾不缓,舒服即好。"余以军人之步,带其暴走。半小时后,灵悟已禅衣湿透,干脆褪下上衣,露出罗汉肚,紧随余后。步履匆匆,至岳坟,经曲院风荷,流连水榭亭阁,抵苏堤春晓。余见其罗汉肚上、胸上、肩上,皆汗流涓涓,禅雨如浴。余领其坐于西湖边,观世俗之景,沐市井风月。昨晚,余独自步行于此。秋风中,独坐苏堤,静赏西子,怡然也。时暮色四起,唯余与苏堤独在。秋风拂来,波澜四起,披襟岸帻,清风梳裹,想张宗子湖心亭看雪,寥寥几笔,便成千古杰作。唯余与卿灵魂相通也。今晚余与灵悟相坐,谈佛、谈禅、谈大乘与藏传,颇投缘。约莫半小时,余又疾步如飞,带灵悟返回灵隐寺后北高峰下。时天降甘霖,几点落于余掌心、额头。余与灵悟入屋,走廊灯下,见其罗汉肚已汗流成河。入房间,时电闪雷鸣,豪雨大作。

听听那冷雨,余吟成绝句秋兴八首之《北峰》:

轻敲键盘响晨钟,惊看流云落北峰。

半山烟雨半山佛,一壶龙井一仙翁。

老妈犹忆白娘调

住灵隐寺旁数日矣。烟雨江南,果如斯,数日天空不晴,秋风吹过,有桂香拂动,盈满于室,令余沉醉不已。俯瞰窗外,北高峰仍烟雾成嶂,林幽、蝉嘶,灵隐晨钟不时敲响,却驱不散烟云。时暮鼓又起,亦赶不走云雨。此乃江南也,天公丹青,朦胧成画,一派山水大师之绝作。

傍晚,餐后。余一派闲庭信步状,见暮色四合,便由北高峰下暴走直驱西子湖之断桥。

江南于余焉,心中西湖之白堤与断桥,大抵活在唐诗宋词里,活于晚明小品文之中。因此,余之江南,便是唐诗江南,宋词江南。断桥之于余,更是晚明张岱小品文之断桥。

疾步匆匆,穿夜幕而行。半小时后,抵风荷曲院,至苏小小墓,从楼外楼前走过,将西泠印社抛于身后,过平湖秋月,终抵断桥。断桥有桥,犹记儿时,摇篮之中,余之老奶奶边摇边哼此曲,回想斯景,奶奶俯身唱白娘子,皆昆明花灯也,给了余最早之文学启蒙。

奶奶乃大家闺秀，小脚，绣楼绣花，一苗灯芯，做女工将眼睛绣坏，近视却不知。余猜想，奶奶之江南，便是花灯的江南，是余之故乡昆明城东大板桥驿山歌相对之云南。奶奶青年丧夫，中年丧子，哭叔叔之殇，终哭瞎双眼；后殁于上个世纪七十年代初，彼时余仅十岁，少不知事，更无能力带其游江南。此诚憾事也。

然，老妈犹记白娘调，抑或来自余之奶奶。婆媳之间，相处十八载，终有一别，却从未红过脸。彼时，已是本世纪之初第七年，老妈刚好七十岁，目睹一起长大小姐妹纷纷罹病而亡，觉人生苦短，生死由命，便电话告余，想游江南，圆当年婆婆未圆之梦。于是乎，是年"十一"长假刚过，便由余之老父相陪，迢迢千里，从极边之地云南而来，余与夫人、女儿翘首以待于金陵城下。

飞抵南京城郭时，老妈乃一副昆明城郊村妇打扮，大襟汉服，包头，头顶印丹蓝布之小手巾，腰间系围裙。一到出口处便成禄口机场之一道风景。彼时，金陵城仍有几分燠热，可余之老妈竟穿了好几件衣服，仍微有嫌冷，也许此病便是生我之兄弟姐妹时落下。

翌日，女儿去苏州，看博物馆。余与夫人陪老妈老爸，登紫金山，谒中山陵，游总统府及太平天国王府。余觉老妈索然寡味，不时问余，金山寺何处？余答，明日去无锡途中，便可下车去烧香。伊一听，大乐。

翌日上午，女儿归京，余与夫人相陪，驱车常州，入金山寺。伫立清凉台上，俯瞰长江，遥想法海一袭袈裟唤万顷沧浪，水漫金山之盛景。余之老娘则虔诚不已，跪佛陀则焚香，见菩萨便磕头，一路磕之上来，虔诚之致，令余好不羞愧。出金山寺门前，余观老娘神情，不苟笑容之脸上，竟掠过一丝丝舒心笑靥。亢奋也，满足也。

时江阔云低，江雨欲来。余一家匆匆惜别金山寺后，小青果愤然吐水，天雨如滂。以至中午抵无锡时，仍秋雨如注，谒灵山大佛时，也不曾停歇。雨瓢泼而下，劲风横吹，雨伞皆遮不住。余只将身上一件冲锋衣脱下，穿于老妈身上，将其包裹严严实实，才不致被天雨打湿全身，免一场感冒。

晚间，由余之好友无锡新区副书记黄胜平先生请客，吃大餐。然，余之老妈却无福消受，海鲜不沾，大闸蟹不动一筷，恳请酒店为其炒一盘尖椒肉丝，然后，将余老爸独自携带食品袋从包中拿出，众目睽睽之下，用筷子将云南油炒豆豉扒入碗中，伏桌而食，吃相惬意，令桌上陪客官员老板，伫立一旁酒店经理面面相觑。此乃余之老娘所为也。

以后数日，抵苏州，逛虎丘，入拙政园，进狮子林，过沧浪亭，于寒山寺磕头，尽游姑苏。老妈为其四个将长成的孙女各买一幅婚嫁时用之苏绣被面，便乘杭州来接之车，踏入梦中、戏中之天堂，下榻于杨公堤之金溪山庄。

翌日上午游西湖，在知味观吃过午饭，便往雷峰塔而去，拾级而上，入塔内，观雷峰塔倒掉之遗存塔基，可窥古铜钱无数，再坐电梯登顶，看过一幅幅黄杨木雕之白蛇传讲解后，步出大殿，一家人站于外廊,倚扶栏而远观西子。时值晌午,阳光正烈,余老妈大字不识,用手横在额头上,遮住炽烈秋阳,不问白堤、苏堤何处,更不知杭州太守东坡为何人,第一句话竟问断桥之所在。余闻之,惊愕不已,手指正北方,答曰,就在彼处,一会儿划船而去。伊又问,为何不坐大船?余答,接待方特意安排摇橹而去,可近距离赏三潭印月,环湖心亭而泊,最后抵断桥。

登舟之后,余之老父亲中午喝了半瓶啤酒,似睡非睡,倚于老妈身边,幸福之极。而余则一直在拍照,老妈感叹乌篷船轻,波涛荡漾,一叶轻舟,摇啊摇,摇到白堤之断桥,感叹道,伊十岁时,随余之外婆从大板桥牵云南矮马,驮木炭入昆明城卖,在大观楼划过一次小船,迄今六十载矣。初坐十岁总角,再坐七旬发如霜雪,整整一个甲子,人生能有几何?

船抵白堤,余与夫人扶父母登堤,流连白堤。秋风徐徐,桂香飘来,漫溻于堤,风不醉人人自醉。余问老妈,会唱许仙白娘断桥相会唱段否?老妈记性犹好,轻轻哼出,皆滇剧之花灯调也,令余捧腹。

断桥残雪,丹枫白露。离西子下雪尚早,余伫立于老妈老爸前,令妻子留下一张合影,不禁唏吁感叹:余之江南,余之断桥,皆是活于唐诗宋词里,而老妈之断桥,则活于人间口口相传之《白蛇传》里。文学艺术,唯有活在下里巴人心间,才会不朽。人间美景四月天,妇童皆唱白娘调,余之耳边,突然响起:"唉嗨嗨哟,西湖美景三月天啰……"余音绕梁,终日不散。

往事成烟。是时,夜西湖,秋兴波涛,夜风拂面。余独坐断桥椅上,打望西湖发呆,金风裹就,真好。烟雨西湖,名流骚客皆化成水沫,唯有诗章,唯有戏曲永恒。日光流年,七载逝也。人生如梦,早生华发,余亦入壮年之列也,不禁吟秋兴八首,其三云:

情却西子诗心老,一点一横湖与岛。

秋水华章沉沧浪,老母犹忆白娘调。

前朝梦忆说士风

余在杭州之时,最喜暮霭沉沉,疾步于苏堤春晓处,枯坐石凳之上,眺望夜西湖,独自发呆。时秋风送爽,一堤桂花暗香拂动,令人疑是秋风醉人,抑或桂花袭人?

秋风醉兮丽人影。彼时,不思丽人,不问风月,却想穿越时空之隧,与一位仙风道骨之老者近晤,彼乃大明末季散文绝代圣手张岱也。余非因西湖而喜张岱,却是因张岱而喜西湖。

然,数百年如斯,西湖留痕。人们犹记杭州太守东坡,其围湖筑堰,吟诗勒石,一句"欲将西湖比西子",一方乾隆御碑"苏堤春晓",妙哉,壮哉,尔曹身与名俱灭,不废风雅万古流。殊不知最爱西湖者,唯张宗子是也。时大明已亡,江山易主,彼不食清粟,披发入深山,蛰伏山野,遂沦为野人,却挥一管狼毫,用冰水研墨,蘸着彼精神之膏血,将"一肚皮不平之气",寄寓山水、废墟、书史之中,惊现西湖佳景,人文风情。时大明成余烬,却在张岱空灵书写之中复活,故国不堪回首寒梦中,却活在《陶庵梦忆》里,活在《西湖梦寻》中。

同为明末士子之祁彪佳阅后,拍案叫绝,惊为天人,称"其一种空灵晶映之气,寻其笔墨又一无所有"。空灵之气何哉?谁有?此乃何等绝世圣手,写出如此生花妙笔。

张岱者,何许人也?彼乃明末士子,出身于山阴(绍兴)钟鸣鼎食之家,彼在晚年自撰之《自为墓志铭》中,蓦然回首一生之途,有自恋,有自怜,有自夸,有自悔,有自暴,亦有自省:"蜀人张岱,陶庵其号也,少为纨绔子弟,极爱繁华……"如此袒露心迹之开篇,令人愕然。查一下户口,便知并非自夸自显,彼乃生于卿相之家,身世显赫,高祖中进士,曾祖中状元,祖父亦有功名,好歹中了进士。然,贵不过三代,到了父亲及彼两世,便与功名无缘。其少时玩物丧志:"好精舍,好美婢,好娈童,好鲜衣,好美食,好骏马,好华灯,好烟火,好梨园,好鼓吹,好古董,好花鸟,兼以茶淫橘虐,书蠹诗魔,劳碌半生,皆成梦幻,年至五十,国破家亡,避迹山居。"天崩地裂之前,彼夜夜笙歌,穷奢极欲,醉生梦死,国与彼无关,家与其无涉。盖一行尸走肉矣。然,三百年来家国,八千里地山河,几曾识干戈?一旦清兵屠城,人至中年的纨绔子弟,陡然从繁华落尽中醒来。士子之骨,铮铮如峰,威武不可屈也;雅士之度,天朗气清,皎皎不可污也。张公不做贰臣,不入清朝为官,却逃之深山,一则在完成彼于崇祯戊辰年动笔之《石匮书》,欲为"有明一代,国史失诬,家史失谀,野史失臆",正本清源,写亡国之痛,记时代哀音,给后世以警醒。再则,彼以翩翩书生之弱,赳赳武夫之勇,纵笔天地,梦回前朝江山，以空灵之气，尽现大明山河之美。《陶庵梦忆》之开篇，居然为钟山明太祖陵祭祀大典，与其说是梦忆旧事，不如说是在为大明王朝招魂。在文字狱之大清，勇气可嘉也。

然，后人欲问前朝事，仲翁无言对夕阳。张岱坚守士风铁骨，却被亲朋拒之千里，彼从山野回到人间，"故旧见之，如毒药猛兽，愕窒而不敢与接"。以至于彼作自挽诗，欲一死了之。然《石匮书》未成，唯苟活于世，却备受艰难。"瓶粟屡罄，不能举火……饥饿之余，好弄笔墨。"其自嘲道，"因思昔人生长王谢，颇事豪华，今罹此果报。以笠报颅，以蒉报踵，仇簪履也；以衲报裘，以苎报絺，仇轻暖也；以藿报肉，以粝报粻，仇甘旨也；以荐报床，以石报枕，仇温柔也；以绳报枢，以瓮报牖，仇爽垲也；以烟报目，以粪报鼻，仇香艳也；以途报足，以囊报肩，仇舆从也。"

岂有文章觉天下，忍将功名苦苍生。张岱身为前朝遗民，一生未有功名，却心怀故国，一世未入殿堂，却有仕之傲骨。以至于时隔三百多年后，美国之洋人汉学家史景迁读张岱之文，为其倾倒，膜拜不已，读遍张岱，溯其文脉源流，严格考据，写了一部之乎者也史学之著《前朝梦忆》，复活了大明时代的市井生活。毋庸置疑，在余看来，明文第一，非张岱莫属。

二〇一四年十一月十六日凌晨三时零九分
写于礼士路寓所剑雨斋

青藤书屋人寂寂

入绍兴，首选之地当属谒兰亭。那美文，那天下第一行书，将一千三百年前的那场醉，皆留在了兰亭，遗落于山阴的惠风烟雨之中。然，有些风景不要轻易登临，有些梦境还是不搅碎为好，让其永远留在记忆里。数度入山阴，我将收官之地，留给了兰亭。千里而来，奔其而去，徜徉其中，却大失所望。鹅池一片浑浊，九曲流觞，细流涓涓，格局太小，茂林修竹，不幽、不静，无曲径通幽，无兰芷蕙香，无野花灿然，更无东晋高人韵士的疏狂孤高。此兰亭非彼兰亭，清人费尽心力，移点、造亭、修池、勒碑，甚至将康熙大帝书写之《兰亭序》，作为镇山之宝，兀立于此。然，我却感应不到一点历史文化信息走心溢情。

悻悻然而出兰亭。创作之家叶老师知我，未带我去大先生之周家祖宅、咸亨酒店、百草园、三味书屋——那里观者众，太热闹、喧嚣，而是到绍兴城中前观巷大乘弄青藤书屋，此乃我最神往之所。

青藤者，晚明青藤画派开山之人徐渭雅号也。彼自嘲："几间东倒西歪屋,一个南腔北调人。"

大先生之《南腔北调集》,书名出于此,可见徐渭在彼身上留痕甚深。

面包车在一条老街边停下,入前观巷,一条六尺巷,行人寂然,几乎不见一个来者。至青藤小屋前,门可罗雀,清冷之极。可跨入小院,却别有洞天,芭蕉横叶,石榴遮天,丹桂清馨,一阵秋风徐来,金黄朱红铺地。冥冥之中,仿佛徐文长戴乌布,着大襟白裳,宽袖博带,款款走来,迎迓于门前。

徐渭者,字文长,生于官宦之家,幼孤,性绝警敏,九岁能文,名震山阴。年少时追慕长沙季公,入一代大儒王阳明弟子帐下,究儒之大道,却陷入禅境,后辗转于科举,少年得志,竟然屡试不中,命运多舛。令其孤高之心大受挫折。后,幸被浙江总督胡宗宪所识、所宠,招至幕府,任书记官,徐渭高才终得用武之地。文章天下,彼虽无功名,却一夜之间声名鹊起,倾倒不少封疆大吏,称其鬼才也。然,徐文长不改文人禀性,放浪形骸,落拓不羁。胡宗宪议军中大事,呼其名,彼却在酒肆中与文人墨客雅集,喝个烂醉,夜深,乌巾布衣闯辕门,肆无忌讳。可胡公喜其雄文大才,视为小节,仍纵其任性。后,胡公下狱,大树既倒,文长忧其祸及自己,遂发狂,用巨锥刺双耳,用斧劈头,自残未遂,不死。妻死后,续弦,又辄以嫌弃,击杀后妻,入狱,后为友人救出。从此潦倒半生。

仕途之门关上,另一道艺术之门骤然打开。徐渭可谓少年得志,中年丧妻、晚年下狱，命运宠幸彼，亦戏弄彼，彼将这些成败毁誉凝结于丹青笔端，命运沉浮铺陈于宣纸，化意、化禅、化佛，终登化外之境，化成明月清风，樱桃芭蕉，紫藤长青，化作老辣入禅之书法，还有《四声猿》歌咏行板。以"青藤"命名之画派，崛起于才子聚集之山阴。

徐渭之入世与出世，皆影响后来公安派与性灵小品文。彼穷途潦倒，了此一生，死后，人声皆寂。忽一日，公安派三袁之宏道下榻于驿馆，忽得一部铺满风尘徐渭文选，墨黑纸黄，孤灯之下，彻夜研读，晓风月淡之时，彼惊呼，奇才，奇文！

徐渭之友梅客生寄语公安三袁之宏道，称其"病奇于人，人奇于诗，诗奇于文，文奇于画"。徐渭则说自己书第一，诗次之，画再次，文最后。而余观之，徐渭画第一，文第二，字第三，诗则垫底也。

离开青藤书屋，余购中华书局所编徐渭集四册。此去经年，余仅存诗集第三册，搜寻多年，终在青藤书屋得也。

青藤小屋人寂然，一树芭蕉谁常青。日光流年，历史残酷，对于一个文人而言，不入宦海，历经磨难，或许是人生之憾，可只要文章活着，艺术活着，生命之树就永远常青。徐渭不幸，生前潦倒，卖文糊口；然亦有幸，其身后四百年，其画、其字，以千百万计，何其幸哉！

辑六 魏晋之风

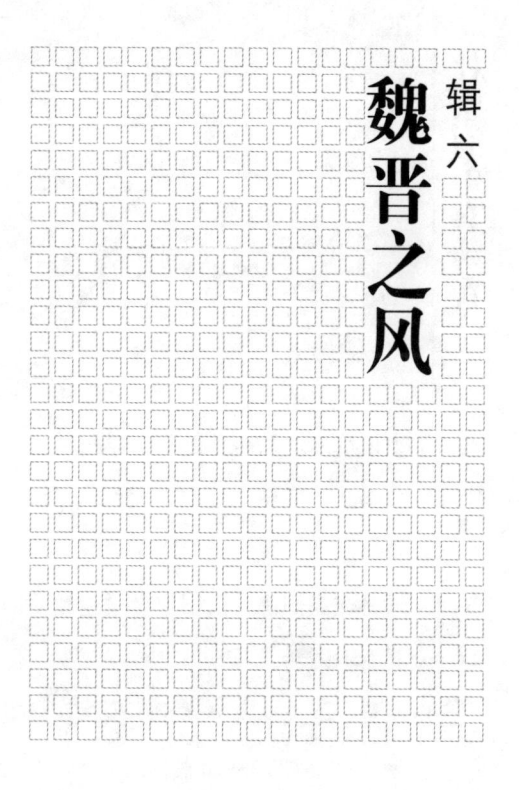

杜康酒中有魏晋

余不擅饮酒，却喜微醺状，晕晕然，身游空冥，如临天阙。彼时作文、写书法，或妙语连珠，或天马行空，左右逢源也。于是乎，经文坛萧哥胡姐作《我的兄弟叫徐剑》《徐剑印象》，雄文一出，皆沾酒气，余顿时成高阳酒徒，引得余之粉丝愤愤不平，云：徐剑不是这样的。余笑而不语。

忽一日，老友徐宏兄请余小聚，彼乃美食家，品酒、点菜皆高人也。是晚，彼提两种酒而来，一为十五年茅台，却为赖茅酒瓶所盛。一为杜康原浆酒，亦为茅台样白瓷瓶装，由黄绢扎口，上书"专供专家品鉴"。问余开哪瓶。余不假思索，脱口而出：当然十五年茅台也。徐宏心静如水，面无不悦之色，云：杜康原浆酒乃厂长所赠，纯厚甘冽，口感甚佳，三五两下去，从不打头，不输茅台也，盖有过之而无不及。余笑之，谈及旧事，遥想当年，常入洛阳城公干，徐宏之老部队有一接待酒，是为杜康，二两装，外观为手雷状红瓷瓶，名曰：红炸弹。余品之，此酒口感极差，又辣，三杯过口，便面若火烧，头痛欲裂,若无勇气,万难喝下一小红炸弹。余尝呷最后一口,几乎要当场喷将出来。以后凡见杜康,便不屑,视为劣酒,从不再沾一口。徐宏听之,掩口而笑。彼知此炸弹杜康酒之出处。

又过数月,余散文集《玛吉阿米》出版,欲请中青社出版总监王寒柏,责编小凤雅聚。恰好,彼与余之文坛道友萧哥、瑜哥、宾堂兄、朱竞、雪涛皆熟,便凑在一处。忽想徐宏兄几次提及欲结识出版人,余更想品其杜康原浆酒,便邀其夜宴。其竟搬两箱杜康而来,雄镇余之哥们,长脸也。杜康倒入分酒器,唯见酒色发黄,碧浆挂杯,萧哥惊呼,好酒!好酒!余不以为然,萧哥乃酒仙,嗜酒成性,朝云暮雨,早酒晚饮,每顿必喝一斤有余,味蕾受损,已良莠不分也。然,待酒香溢出,袅袅盈室,余亦不得不暗暗称奇,美酒也!

京畿之饮,群贤毕至,文人骚客流觞于桌上之转盘,推杯换盏,觥筹交错,把酒临风,犹如梦回魏晋。余喝了四五两之多,略有微醺之状,却不见醉态。临别时,责编小凤惊呼,已喝五两矣,从未有醉感。余等笑之:何以解忧,唯有杜康!尽踏歌而归。

是夜,余回家,趁酒兴,摊开毡垫,铺陈宣纸,找出晋人王献之瑰宝《洛神赋》,此系南唐澄心堂本集王字刻碑拓本,是为神品。临池挥毫,与古人对话,竟有神助,纵横走笔,翩跹而舞,飘逸临风之中,一股魏晋之风迎面拂来。

"对酒当歌,人生几何。譬如朝露,去日苦多。"魏晋之时,堪称乱世,故国分裂,三足鼎立,后短命王朝,你方唱罢我登台,侯门深深、高墙巍峨，环顾宇内，杀戮喋血，朝花夕拾。然，却是中国历史上继春秋战国之后，思想文化史上又一次井喷。建安七子、竹林七贤、钟繇、卫夫人、二王等先贤，经国文章独秀华夏，书法惊空横贯古今，于声色犬马、放浪形骸之中，仕子之狂推到极致，于朱门庭院、雕栏玉砌之中，贵族之气豪情天纵。一边是对生死存亡之哀伤、感慨和喟叹："人生若朝露，天道邈悠悠。"一边则是对汉威官仪和超脱神情容貌之欣赏、评价和推崇："时人目王右军，飘若游云，矫若惊龙。"一边却是对建功立业之膜拜、追逐和长啸："烈士暮年，壮心不已！"

余一女弟子，于朋友圈一睹余抄《洛神赋》，惊叹："魏晋美学达到一个巅峰，总觉得出口话用歌吟，文人都是用气做的，戳个洞就虚无缥缈。"余叹："到底是才女，此语甚妙。"

而这一切癫狂之状，清高之气，皆因一剂瞬间点燃之液体燃料——杜康酒相助也。杜康酒中有魏晋。此乃中国最早之国酒，与贵族之气、与文人之雅相系，岂后起之秀晚辈茅台可媲！

盛唐气象何处寻？

岁末年初，坊间有关唐宫戏《武媚娘传奇》播出露乳、剪乳之事，一时纷纷扬扬，成为神州夜话，且被诟病甚多。而受伤者又岂止是官方与执业管理者？制作方为求所谓收视率，以露乳为最大卖点，后宫之帏，尽是百媚千红、阴谋诈道、争风吃醋、十面埋伏，陷阱重重；笑脸后边皆是一片杀机，脂粉之厚掩不住血腥罪恶。一代英主沉溺于酒色，醉生梦死，纵情于声色犬马、风花雪月，心胸狭窄，处殿堂之高，文武群臣视野逼仄，皆胸无大志，居江湖之远，文人侠客竟胸无点墨，乏英武雄起。令人不禁会问，此乃人才济济、文韬武略、励精图治、夜不闭户之贞观年代吗？此乃天朝国门洞开、海纳百川、万邦来朝、富甲九州之大唐帝国吗？此乃唐诗中国、楷书天下、反弹琵琶、胡曲闾巷、霓裳衣舞飘过歌坊之文化盛世吗？

坐于书案前，余万千喟叹。电视剧风行中国三十载有余，作为俗文化，一度曾有取代阅读之势。然，乍似风光，其实早已式微。众多家制作者为取悦市场、赚到大钱，前仆后继，机关算尽，阴招迭出，终于有一天，激情委顿了，精神之树碧叶零落，一地黄花，步入穷途末路，以至于解构历史，虚无昨天，用时代意见替代历史意见，以当下意识解构人性原说，将一股维系大中华五千年文明血脉，抹成了一团浊流，不时便有黑潮惊现。

盖其代表中国文明至尊之境盛唐王朝于焉否？一千五百年过矣，余之脑际突然冒出一句词："西风残照，汉家陵阙。"是为谪仙太白，酒醉长安之后，跃身上马，出朱雀大道，策马秦皇驰道，兀立旷野，微醺之中，看苍山如血，陵阙独孤，吟出了华语最精致唯美之感伤绝唱，堪称登峰造极之作。汉风掠过，唐韵无觅！李家江山已殁，大唐陵阙犹在。长安城、太极殿、大明宫，巍然城郭，嵯峨宫阙，一如李太白所吟，早已付于一炬兵燹，在满地遍是黄金甲的咆哮中，于满天烟火的焚烧中，幼主仓皇辞宫娥，满庭皇孙东躲西藏，终丧命血腥，埋于黄沙之中。然，当下仍可从盛唐遗落文化源流、余脉之中，处处寻到大唐余韵。君知否，盛唐王朝，活在石雕上。余曾两度入洛阳城，驱车龙门石窟，拾级而上，曾经之大唐，虽大多埋于伊水洛水之下，却有一个帝国的骨骼和标本，矗立于伊水出峡谷处之奉先寺里，此乃一代女皇武则天大帝之雕像。一尊佛陀博衣绶带，高鼻大耳，眼里笑容宛若白云一样美，或雍容淡定，或春风大雅，或不以物喜，或不以己悲，这便是大唐之睿眸，有一种海纳百川之胸襟，有一种谈笑天下之从容，更有一种清泉石上流之禅意。然，为何会被其不肖子孙，当作一个诡道中国来看待？余百思不解也。当余流连于卢舍那大佛的香脚下,仰首大佛之面,彼之神秘一笑,在预示什么,又追求什么?其本身便是一个千古之谜,那历史密码,余惊然悟到了。可惜这世上,无几人可真正读懂。君可知,盛世中国活在唐诗里?回首中国五千年文化史、文明进程、美的历程:周篆、春秋诸子百家、秦鼎、汉隶、晋字、唐诗、宋词,元曲、明清小说,便为那个远逝时代之遗存。蓦然回首,大唐诗人虽有豪放婉约之分,纵有边塞田园闲适之作,然,无论七绝圣手王昌龄之"青海长云暗雪山",抑或王维之"大漠孤烟直,长河落日圆",抑或李太白之"噫吁嚱,危乎高哉!蜀道之难,难于上青天!"抑或张若虚之《春江花月夜》,抑或杜甫之锥心喋血之"三吏""三别",仍然掺有李商隐开朦胧诗烟雨,糅杂着白居易"浔阳江头夜送客"的童叟皆吟的平白,更荡漾着杜枚"停车坐爱枫林晚,霜叶红于二月花"的秋兴。大唐之中国,盛世王朝,活在那一首牙牙学语的唐诗中国里,活在平平仄仄平平的规矩与洒脱之中。

君可知,大唐气象活在书法中?中国传统之毛笔书写,到了大唐年代,从意象上上承天心,下接地气。文人墨客皆以东晋二王父子为开山之宗,于童子功之书写中,输入了一种与生俱来的贵族气,输入了八面来风的大唐气魄。于是乎,朝堂之上,便有了顶天立地的气魄;万军之中,便有了力拔山河的气魄;铁马冰河之中,便有了蘸着精神膏血的激昂书写。因了这种气魄,横撇竖捺之中,一点一画之中,藏锋显锋中,透着颜真卿追求唐人肥胖之美的圆润与阔大,褚遂良奉太宗之命写《圣教序》的飘逸与潇洒,柳公权便在四方之间,一刀一撇，一横一折，一点一弯钩，写就高山滚石的大气磅礴，欧阳询于小楷的完美书写中，将正书推向极致之美。一如唐诗乃中国文学的高峰一样，唐楷亦为中国书法的又一巅峰之态。如是观，大唐气象何处寻，寻于尔等身边，活在少时的背诵与阅读里，活在跟随母亲的跪拜与焚香之中，更活在每个中国人的书写里。然《武媚娘传奇》的制作方，从编剧至导演，从美工到服装，面对唐贤，面对大唐气象，以为露乳便是大唐，以为玄武门前杀戮，便是大唐，以为唐宫里的尔虞我诈，便是大唐。错！错！错！莫！莫！莫！大唐气象，其实藏在每个自信的中国人心中。

待月西厢寺已空

余年少时，正值"文革"年代，古籍、字画、青花瓷，或焚、或砸、或撕。忽一日，得一本无封面无封底无书脊之书，绵纸发黄，字迹褪色，不褪却是永恒之爱情。余灯下夜读，时春风徐徐，萤火虫飞过，竟识一位叫李香君之青楼女子，脂粉袂袖，大襟余香，却铁骨铮铮，胜大明末季所有儿男。帝国已死，南明王朝腐败，逼香君出嫁奸佞，唯有以死相拼，俯首一撞紫檀几案，血溅桃花纸扇。然，她所恋之君侯方域乃软骨文人，最终降清，香君心死，闭上美眸，不屑一顾，宁为亡朝之女，不食大清之粟，决绝也。读罢，余扼腕叹息，却不知书名，问徐氏家族中一远亲之擅写书法大伯，借清风一翻书，答曰《桃花扇》，为孔家之裔孔尚任所作。彼时，余八岁，读到中国一伟大悲摧的情爱故事，知风月何为。

及年长，花季少年，又遇王实甫之《西厢记》，领略中国最唯美的才子佳人故事。犹记"待月西厢下，迎风户半开。隔墙花影动，疑是玉人来"之诗，风花雪月，如画如诗。一座梨花院深深，红杏初开，院墙之内,古塔斜影,莺莺红娘,玉人袂袖荷裙匝地,一院梨花香魂。而梨院之外,夕阳梵钟,书生踯躅墙外,闻香识伊,只盼梨花院门开,揽伊入怀。然仰首红杏一枝,招摇于墙头,唯有逾墙而来。月白飞花,如梦如幻。有情人经历万千磨难,终成眷属,令余为才子红粉掬一捧感动之泪也。从此,对普救寺神牵梦绕,憧憬不已。

然,好梦难圆,余人至中年,遍游祖国山河,却一次次与普救寺失之交臂。或因其地处偏僻之野。遥想当年,此地亦贵为大唐中都,连京畿大道,士子商贾、书生佳丽、黔首兵匪皆熙来攘往,车辇过大河之上铁牛索桥,入蒲州城,谒普救寺,隐入梵香晚钟,雪月飞花。而今却冷落于荒道之旁,没于村霭炊烟之中,观者寥寥。

甲午暮春,牡丹花凋,烟雨洛阳。余西行三门峡,过黄河,入大唐开元之中都蒲州城永济市,车行普救寺,寻《西厢记》之风月风情风流余韵。是日,豪雨滂沱,普救寺没于雨雾之中。倘从山门而入,踏步台阶,雨湿衣裳,斯有诸多不便。于是乎,便从山顶而下,进至梨花院。余等穿雨幕而行,有一株盘松缀满红丝带,曰为爱情树。余之阅读记忆中,梨花院住过相国夫人、崔莺莺与红娘,乃魏晋古刹之禅房也。门前有一对联,为今人所撰:"梨花深院溶溶月,柳絮池塘淡淡风。"上联下联,仄声平声,恰好落在风月两个字上,妙也,趣也。余等跨门槛而入,小院有一木雕影壁兀立,雕花之中,镶一把扇面,镌刻《西厢记》五言诗,余不禁摇头,此影壁太过简陋,鲜有三晋风情,更无江南风雅,似一道具也。环顾其间,儿时之迷魂情种，皆被暴雨浇灭，泡于冷雨之中。此梨花院非彼梨花院也，乃一假文物，为上个世纪八十年代拍电视剧所搭建。正房一间，坐北朝南，东西两小厢房，显得逼仄狭小，正屋不可砌炕，客厅进深太浅，若摆条案八仙桌之类的家具，梅瓶镜子帽筒，则更显丑陋。两边厢房，皆塑有当下所做之蜡像，尽说《西厢记》之风流韵事，犹如小摆设，好拍戏之境地矣。格局太小，非上古气象，亦不接半点文化历史地气。

步出梨花深院，再入大雄宝殿，新筑也，无五台古刹之长阶高殿、古松虬曲、牌坊耸入云间、大千世界妙境浮现。唯有一座蛤蟆塔始建于明代，于塔前击石，似有蟾蜍之声传来，余在三门峡游过，不足为奇也。所谓塔前莺莺张生小径，玻璃罩下有几块汉砖可鉴，证其古也，另有几尊石雕菩萨，为挖土筑房时新得，似有魏晋气象。

余绕过古塔，拾级而下，伫于鼓楼上，鸟瞰普救寺之地势，雄居于一塬上，三面凌空，孙飞虎匪兵相围，终不可得也。

待月西厢寺已空。落寞而归，雨中回望普救寺，彼寺无古、无文、无魂，亦无多少历史信息。余以为，红杏出墙、风花雪月之故事，此地难发生也。

斯楼无魂

余以为，凡天下名楼皆有魂。其魂，或文化、或精神、或名流、或事件、或诗词、或歌赋、或文章，一经岁月浸泡，历久不衰，便获永生。彼时，美轮美奂之建筑，不再是凝固不变匠人心血，而有一种文化温度氤氲于焉，有一股历史血脉徜徉其中。岳阳楼如是，黄鹤楼、滕王阁如是，鹳雀楼亦如是。

此四大名楼，在历代文人墨客乃至寻常百姓心中，已被神化为心灵之故乡。无形之中，不论阳春白雪者，抑或下里巴人，皆在四大名楼前达成一种共识：不登岳阳楼者，不知胸襟之阔大；不登黄鹤楼者，不知一江衣带西东之悠远；不登滕王阁者，不知落霞孤鹜秋水长天之诗意。此三楼与一条大江相临，其胸襟辽远与诗意，皆溅着沧浪之水。唯有一座鹳雀楼，则远在大河之上，以"欲穷千里目，更上一层楼"之生命、哲学高度与意向，独冠群楼。

然，鹳雀楼今安在？经历千载，数度兵燹，彼早已消失于历史之风尘里。余浪迹神州，壮游天下，少年登黄鹤楼，观龟蛇锁大江，远眺晴川历历，汉阳树簇簇犹存；而立之年登岳阳楼，凭栏远眺，叹洞庭浩浩汤汤，江阔云低，芦荻悠悠，断鸿声声唤东风，寻一个不以物喜、不以己悲之心境。不惑之年登滕王阁，赣水东逝，洪都故郡，已换了人间，虽落霞犹在，孤鹜早已飞远，秋水长天之中，却见高楼大厦林林，诗性淹于水沫。

新世纪初临，余闻鹳雀楼重建，激动不已。人间四大名楼，独缺与鹳雀楼相晤、相亲。然，鹳雀楼所在之永济，古称蒲州城，春秋以降，直至盛唐，便是中国黄河流域文化盛景主场，与甘肃陇右之地陕西韩城一隅，皆在当年秦皇驰道，陇右道之上，砺带山河，襟连长安。遥想当年，书生戍边，剑指安西，士子秋闱，西望长安，演绎了多少秋风铁马、夜卧冰河之悲怆，又有几多晓风残月、才子佳人待月西厢，堪称中华文明之三大风水宝地，不可不观也。

为谒鹳雀楼，余准备多载，做足案头工作，只待壮年登临。是日，洛阳城牡丹凋零，熙来攘往之观花人潮退却。余来东都公干，时逢周末，傍晚，乘高铁去三门峡，一梦千载，三十分钟车程便抵当年虢国城郭。时至黄昏，暮色泛起，却遇晚春之雨，淅淅沥沥下了一个长夜。微醺之时，枕着一条大河东去，遥看虢国夫人驱赶四乘骑之铜车马游春，襟衣袂袖，红粉佳丽，汗血宝马狂奔，两侧青山如黛，胜似画卷。

听听那冷雨，一夜滴至天明，少年滴至中年，再入壮年，冷冷清清。梦醒时分，当去看鹳雀楼矣。过三门峡大桥，黄河对岸便是临汾辖地。抵近之时，却发现公路上停泊数公里之长大型卡车，因永济山里有雨雾，禁止通行。可窥这场陕甘高原之春雨，贵如甘霖，下得正逢其时。然，对于我等游鹳雀楼，惨也。

　　拉开车门，冷雨袭来，单衣难抵倒春寒凉。挤到电瓶车上，并无挡雨之遮，半身湿透，冷风一吹，瑟瑟发抖。车停处，离鹳雀楼仍有三四百米，宽敞广场，大而无当，几无景观。据导游称，新修葺鹳雀楼砸钱近亿，余雨中仰望，钢筋水泥骨骼支撑之巍峨，倒映地上积雨之中，或明或暗，一片朦胧。此诚为王之涣登临之鹳雀楼乎？

　　余踏雨登斯楼也，方知为观黄河之澜，在原址之上往黄河边挪了数公里之远，也非原址重建。每人掏四元钱，乘坐电梯升至六层，伫立于走廊上，东眺中条山，西望华山，九曲黄河绕楼而过。斯时，烟雨苍茫，春风凛然，登临而不可凭栏兮，唯有匆匆离去。王之涣之"白日依山尽"旧景不再，"黄河入海流"浑成铜汁汤汤，"欲穷千里目"被烟霭遮蔽，"更上一层楼"仅剩一个美好期盼。然，与岳阳楼、黄鹤楼、滕王阁一样，楼因诗名，诗借楼远，不知是王之涣千古了鹳雀楼，抑或鹳雀楼成就了王之涣。当下，历史之蒲州城、中州府，今天之永济市，已不在繁华之都、通衢大道之上，鹳雀楼之冷清和凋零是一种历史必然。斥巨资重建之鹳雀楼，亦无一点文化之厚重与温馨，更无大唐气象。冷冰冰的水泥建筑，更无一丝历史信息传递出来。淋雨而归，余寻找不到诗之意境与浪漫。

　　斯楼无魂也！

古丹道苦寒行

（一）

　　寒山瘦了，晚秋红叶随风零落，喋血般殷红，铺满山野，如春花般灿然。茜草侵古道，秋去也，冬已至，霜落空山。然，朔风将起时，我们往北太行最美之红叶景区青天河驶去，此地，素有"摄影家天堂"之誉。

　　昨晚于焦作宾馆里临小楷，夜未央，睡得亦晚，入梦乡不久，即被宾馆叫早。惚然看表，方六点半钟。晚睡之人最忌早起，愤愤然下楼，匆匆早餐，便登车往青龙河景区驶去。山一程，水一程，人又恍然入梦。梦卧冰河，古来征战几人还，唯见曹孟德骑一匹汗血宝马，盘马弯弓，苦吟高歌一曲，烈士暮年，壮心不已啊。随后，又梦游于十万亩竹海之中，寻一条古道，踏幽而去。往百家崖，向"竹林七贤"雅集之翠竹林，一步步走近。唯见嵇康、山涛、向秀、阮籍等诸君，衲衣初解，袒胸露臂，或清癯如骨，或肥腴于胸，或放浪形骸，醉卧于石头之上，沐暖暖之秋阳。一旁则有美酒流觞，荷衣袂袖，脂粉飘香。小隐于山，饮必有琴声山泉，吟终有红袖添香，对酒当歌，岂不快哉！岂不乐哉！

一觉醒来，车已入山，青天河缠绕于前。焦作市作家协会主席韩达介绍道，青天河本是一条古道，道旁，河水清凌凌，绕山崖而过，从太行南麓上党之地流来，穿越北太行，入沁阳境，最终泻入黄河。上世纪六十年代中叶，博爱县军民大兴水利，修青天河水库，历时十六载。犹如当年红旗渠壮士一样，以愚公移山之志，飞人于崖间，打眼放炮，风烟滚滚，为有牺牲多斗志，敢叫青天河变水库。最多之时，五万余百姓蛰居山涧，建筑大坝，廿八名博爱子弟成为烈士，青山埋骨，令人扼腕长叹。

不知不觉间，车行峡谷深处，公路迤逦，两侧秋山红栌雨润，一阵秋雨一阵凉。入靳家岭赏红叶，佳时虽过，然奔突于视野之美景，仍撞人眼球。崇山峻岭，连绵百里，嫣红尽染，一幅苍山如血之长卷矣。今日虽来去匆匆，不能坐索道登靳家岭看红叶，然车窗两侧红叶风景，仍令人心醉。

车至青天河水库大堤，戛然停下。下湖边码头，换乘游船，往湖之尽头驶去！

青山遮不住。一湖秋水，两岸风光，游船犁浪而行，涟漪四溢，两岸空山碎片于碧波之中，阳光拂照湖面。秋山如丹，红尽远方，给人以海棠血色正浓之感。丹道、丹河、丹水，为何要以一种浓烈的中国红示人？

约莫二十分钟，终于抵达靳家岭索道下。上岸，与湖之南一侧迤逦而来的栈道相连，人往青天河上游款步而行。

我已经踏在一条古丹道上。

（二）

也是这样的早晨，铁衣渐凉的曹孟德醒了。是被巡弋青天河的野鸭嘎嘎叫醒？抑或被北太行的低温冻醒？梦里不知身是客，曹孟德揉了揉双眼。昨夜太冷，杜康美酒过烈，蘸着用身体焐热的冰块水滴研墨，挥毫书简，对酒赋歌，仍有一股强烈的历史文化气息，沉潜涵泳于魂魄之间。

古丹道，古丹河，流淌于上党与沁阳界，中间岿然一座太行山，像一条天然界河一样，将豫晋之地连缀却又隔绝开来。

彼时，曹公穿上铠甲，走出行营大帐。辕门前，旌旗猎猎，霜白一片。太阳刚刚升起，涸红山谷，于青天河上空浮冉沉落。朝阳如血，北岳如血。

杀戮太重兮！遥想当年，那是中国历史天空下最惊心动魄的战国时代吧，七雄逐鹿中原，大秦崛起，气吞八荒，席卷天下，一支虎狼之师同时对齐、楚、韩、魏、赵、燕等六国开战。公元前262年，秦相范雎雄睨天下，提出"远交近攻"之策，发起攻打韩国之战。于是，秦王剑锋划破太行天幕，留下一道道残阳般的血痕，拉开长平之战的序幕，经过上党归赵，老将廉颇终可以与秦师坚壁对垒了。然，秦使反间计，使赵孝成王以赵括取代廉颇，秦将白起用计佯败，赵括"乘胜"追至秦壁，驻扎于今省冤谷，即青天河一带。山谷四周皆山，秦将白起早在此布了天罗地网，而赵括带大军从唯一可容车马的古丹道而入，渐入口袋之中。赵括不知，四十万大军挤于道上，车辚辚，马啸啸，乱成一片。进入秦军的伏击圈后，埋伏于两山间之秦军突然鼓角铮鸣，利箭、乱石、圆木雨点般落下，赵军顿时如入绞肉机，屡战不利，只好筑垒坚守。围困四十余日后，赵括率众打马向前，力争与白起一搏，可是被秦军一一射杀，四十万大军成为谷中之鳖，最终只好降于武安君白起，被诱入谷，一一坑杀。

血流成河，尸体填满青天河峡谷，血水汩汩流下，将一条青天河染成血河。故取名丹河。

朝阳浸染丹河，流淌的溪水分明也在流血。曹孟德谨记这段历史，兵者，国之大事，死生之地，存亡之道，不可不察也。时值乱世，遍地狼烟。一叛将之乱，本不该由曹公亲征，然麾下几位大将征战数载，却无功而返。按说，兵书警示，上兵伐谋，其次伐交，其次伐兵，其下攻城。然此时曹孟德已无上策可取，唯有兵车辗过丹道，兵伐壶关城。

惊涛湍急，四处雄鬼长歌当哭？曹操茫然四顾，如果没有猜错，此后许多年，这里依旧会骷髅垒成山。甚至曹公走过数百年后，唐明皇路过此谷，仍见头颅如山，马蹄所过，皆踏白骨忠魂，俯仰之间，那骷髅眼里，长出如箭一般的野茅，怒目晴空，令人不忍卒睹。明皇故命官员择山坡建骷髅庙一座，此庙分正殿和东西耳殿，将庙之山改为头颅山，更杀谷为省冤谷。

曹操踏入此谷，不禁怆然涕下。青山埋忠骨，古丹道上尸骸如山，已经无法掩埋。可怜青天河边骨，犹是洛阳城郭春闺梦里人。红粉泪尽，风雪再无归人。人生几何，生命如草芥，譬如朝露，去日苦多，唯有对酒当歌罢了，罢了……曹操慷慨悲凉之咏叹，或许就在古丹道上油然而生。

（三）

古丹河，一片芦花白。岁月已逾数千年，晚秋的芦花，仿佛依然在为被坑杀的孤魂野鬼戴孝，一河芦荻悠悠，满山的黄栌摇曳，碧血千秋，丹色依旧，还映照着四十万赵军忠魂巡弋北岳吗？

那天上午，我们溯丹河而上，一脚踏在了古丹道之上。一大块，又一大块的石板，平整地铺陈于前，并与山崖相连，缓缓向上，拾级而上并不多，道呈黛青色，蹄痕、车辙依稀，剑戟、弩镞犹在。千古如斯，赵国将士走过，曹公所率大军踏过，唐明皇巡幸三晋高平城，皇家的车辇碾过。那一道道历史车辙，那一圈圈岁月年轮，一道痕，一个坑，一朵朵云纹，仿佛都在低诉一段曾经的故事。终于，博爱县所立一块标识牌惊现于前，载道："丹道，又称丹陉，为古时官道，系太行八陉之一，是历史上连接晋豫的重要军事通道。古时，丹道北通山西上党（今长治市），东接华北平原，南经孟津渡口进入伊洛平原，与古都洛阳相连。在丹河峡谷内，丹道长约三十公里，现青天河风景区存有三段遗址，一处在天井关，一处在大泉湖西岸山崖上，另一处在北魏摩崖石刻附近。丹道于大魏永平元年（508年）十一月开始修建，至永平二年二月建成。用官兵四千人，历时九十天。曹操北上壶关（今长治市），讨伐叛将高干，曾途经于此，并赋诗《苦寒行》。"

我仿佛听到曹孟德汗血宝马的响鼻了。一个乱世，生命如虹，竟又横空惊现中国历史上又一个百家争鸣时代。枭雄乱世，英才辈出，群贤皆择良木而栖。就在这片丹河谷中，曹孟德战马之后，建安七子策马紧随其后，奔驰于古丹道之上。当曹公跃身下马，脱下战盔，围于军帐之中，痛饮一壶浊酒时，挥动狼毫，蘸着浓墨，在白绢纸上写下一幅幅汉隶，聚首于前，作歌相贺的竟是孔融、陈琳、王粲、徐干、阮瑀、应玚、刘桢，那一行行魏骨尽透的汉隶，那一字字秀气渐显的钟繇小楷，纵笔之后，留下一篇篇经国文章。

硝烟散尽，血痕风干，一切归于寂静。是谁的蹄声又响，古丹道上，那大片的修竹之中，"竹林七贤"驰马掠过此道，避祸于此。建安式微，曹丕的魏国没活多久，便被司马氏篡位。正始十年（249年），出身焦作的山涛早已看出司马氏有觊觎曹魏之心，已觉刀光剑影在头顶上舞动。风声鹤唳，生性胆怯的山涛颤抖了，司马氏磨刀霍霍已经叩响自家门环。若再在曹爽麾下做官，小命休矣。归去，趁着曹爽落败之前，辞官远遁，与嵇康、阮籍一起，纵游山水，混迹于沁阳竹林之间，结庐读书，闭门不出。或叫上向秀，躲到百家崖下的野村里，登山临水，夜醉不归。举世皆乱，唯余独醉。醉生梦死也是一种生存之道，算是对这个乱世保持最大的沉默。

其实，在一个兵燹四起、易帜表态的年代，有时候，三缄其口，也需要一种勇气。

然，人至不惑之年，无法再装疯卖萌。司马师指名道姓，山涛面前只有两条路，要么拜官做事，要么沿古丹道独行，入骷髅山做鬼去。山涛非常惜命，毕竟祖上与司马师家沾亲带故，那就入朝为官吧。对此，嵇康很不以为然，他与阮籍、刘伶对司马氏集团不屑一顾，死到临头之际，仍不肯俯首称臣。还一怒为政治立场，面对已经官至大将军从事郎中的山涛，写下《与山巨源绝交书》。"竹林七贤"从此拂袖而去，各奔东西，渐行渐远。毋庸说，嵇康此雄文一出，令后人对山涛多了一层鄙夷。可是有一天，当嵇康被打入大牢，行将秋绝时，他却将两个幼子托孤于山涛，并对儿子嵇绍道：有巨源在，汝不会孤独无靠。此时的嵇康非常清醒，唯有山涛可以帮其养大孩子，而不至受到连坐。果然，嵇康没有看错人，被杀二十年后，嵇康双子长成，山涛荐举嵇绍为秘书丞，然后仰天长叹："为君思之久矣，天地四时，犹有消息，而况人乎！"可见，二十年间，他从未忘却过旧友。

古丹道为证，竹林七贤的高洁之谊，堪比太行之巍。先生之风，北岳仰止。正是北太行的浩然，将这群落拓不羁的文人收揽于怀，赋予山骨清气，此乃太行之幸，抑或竹林七贤之幸？！

（四）

正月里的北太行，奇冷无比。

披着裘衣，曹孟德望太行而生悲催之情。霜风徐徐，落雪无声，前方战事吃紧，却没有快马驿报传来。

壶关口，曹魏大军会重蹈四十万赵军覆辙，骷髅成山吗？建安十年（205年）十月，高干背叛曹操，虎踞壶关口，欲称雄太行。曹操先后派李典、乐进、张燕修通了古丹道，兵锋直指壶关口，却久攻不下。已经烈士暮年的曹孟德只好领兵亲征。望太行兮而长太息，哀吾军旅兮漫天白霜。"蒹葭苍苍，白露为霜……溯洄从之，道阻且长……"一首《国风》之《蒹葭》，不时掠过曹公脑际，令他诗兴大发。极目之处，冷雪苍莽，丹道且长，兵燹过后，又有谁会血染丹河？生死之间，仅一步之遥乎？！

伫立于魏摩崖石刻之前，曹操坐于马背，对后边的卫兵喊道，酒来！一杯浊酒家万里，曹公仰天啸吟：

"北上太行山，艰哉何巍巍！羊肠坂诘屈，车轮为之摧。树木何萧瑟！北风声正悲。熊罴对我蹲，虎豹夹路啼。溪谷少人民，雪落何霏霏！延颈长叹息，远行多所怀。我心何怫郁？思欲一东归。水深桥梁绝，中路正徘徊。迷惑失故路，薄暮无宿栖。行行日已远，人马同时饥。担囊行取薪，斧冰持作糜。悲彼东山诗，悠悠使我哀。"

苦寒行，行于古丹道之上，透出一种魏晋风骨的无奈与苍凉，一代枭雄如此，那些普通的兵士呢？

时隔一千多年后,清代地理学家魏源考察古丹道,写道:"自河内清化镇入谷数十里,四山环亘,水竹村里奥旷,真盘古,自此逾羊肠坂九折,至天井关,则太行绝顶,天下之脊梁矣。"

太行巍巍,果然华夏之脊。古丹道之上,魏武挥鞭,那一记打马的响鞭早已远逝。风入松,铿锵过耳,那被坑杀的四十万赵军冤魂,还有那紧随曹孟德之铁骑,皆消失不见,消弭于北太行的霜风落雪之中。唯有一首《苦寒行》活着,活在古丹道上,活在泱泱中华的青史断章里。

凝固的史记

大先生病入膏肓，时日无多了。那天，他精神出奇的好，突然撑起羸弱之躯，从病榻上坐起身来，对许广平道，研墨，我要写信。

许广平且喜且忧，说先生还是我来代笔吧。

此信岂可代笔，大先生摇了摇头，这是写给静农兄的。

何等要事，竟烦大先生病中亲笔？许广平连忙扶先生下床，至书案前，连忙研墨，铺好信笺，唯见大先生落座后挥毫，留下数行力透纸背的鲁体：南阳画像，倘能得一全份，极望……

许广平看后，心中泛起一阵酸楚。此距大先生去世，仅两个月。然，台静农全套南阳汉象拓本未至，鲁迅又致信南阳王正朔："桥（魏公桥）基石刻，亦切望水消后拓出。"此为大先生病逝前夕，对南阳汉像画石的最后眺望。

鲁迅何以对南阳汉画如此痴迷，如此情有独钟？我暗自忖度，大先生执拗于斯，绝不仅仅为中国一新画种版画谋寻出路，而是重返民族精神源头，寻找一种化繁为简，大拙至美哲学之境，一股奇崛粗犷、野性灵动的上古气象，一扫文坛委顿、低迷之风。

大风起兮，汉魂何在？我们迷失于何处？其实，对于汉画概念与形式，我并不陌生，且被浸淫多年。我创作室有一画师，彼乃山东大汉，长脸，高鼻，甫一开口，嗓大且粗，分贝极高，一赳赳武夫状，却铁笔丹青。弃传统勾线之法，使一种浸润之技，墨中掺胶，兑水，挥笔泼墨于宣纸之上，如云，如雾，如潮，如泉，漫漶而不失控，墨浓却有层次，彼画之肥马高车，车轮飞转，华盖风扬，其将士远征，汉吏出行，美女踏春，似汉非汉，似唐非唐，美则美矣。然，我常入其画室，观后，总觉若有所缺，又难指点迷津。但并不妨碍彼在书画市场上大行其道，画价趋高。其亦以中国新汉画开山之人自许，大师性格显露，脾气见长。

也是这样八十年代的仲夏，吴冠中背着画箧，心事重重，走下洛阳龙门卢舍那大佛殿，竟无一点留恋。蓦然回首，身后大佛仍是那张并不生动的脸，丰腴、丰韵、饱满，佛眸半睁，千年一笑，却笑不出一丝一靥的灿烂与大唐气象。都云龙门石窟是盛唐艺术博物馆，可吴冠中并不苟同，大佛左侧迦叶、阿难形体肥美，褒衣博带，风中不飘不舞，神情呆板之极。右侧护法金刚身着金甲，手执法器，看似凶神恶煞，可婀娜欲舞，毫无个性，与他当年负笈巴黎，在卢浮宫、奥赛博物馆、罗丹博物馆看到的雕塑，并无二致。吴冠中很失望，他想看到与众不同、对自己内心有强大冲击的艺术。拾级而下，俯瞰伊水潺潺，杨柳依依，伊河横了一道大坝之后，龙门波澜不惊，河成了湖，清风徐来，竟吹不起一缕涟漪。身临伊水，遥望秦地，彼不禁想起儿时背过的《秦风·蒹葭》："蒹葭苍苍，白露为霜。所谓伊人，在水一方。溯洄从之，道阻且长……"改革开放以降，年近六旬的吴冠中正在寻求艺术之旅的盛年变法，可是他寻找了半个多世纪伊人，艺术女神在何处？艺术之旅关山重重，何时才近抵巅峰？！

"先生不妨去南阳看看。"龙门石窟博物馆馆长温玉成见吴冠中铩羽而归，神情沮丧，知其心性，神系艺术，建言道。

卧龙岗？去看诸葛孔明高卧之隆中？生性孤高的吴冠中多少有点不屑。

南阳有一中国最早的汉画馆，建于二十世纪三十年代。堪称汉王朝艺术集大成者，二千余尊石像，非常值得一看。

哦！吴冠中沉吟着，在北京有所风闻，有的拓片亦见过，散落于书刊。那就走一趟吧。

吴冠中背上画箧，登上了洛阳开往南阳的长途班车。

二十世纪最后一位大师走进南阳盆地，走进汉画馆，亦步入自己的涅槃之旅。

这才是我想要的东西。吴冠中流连忘返，击节感叹。南阳汉画馆果然平地吹来一股凌厉的汉风，其艺术魂魄博大至极。一如其当年气吞八荒，开疆拓土，既有力拔山兮气盖世的力量之美、野性之美、气韵沉雄之美，更有一种删繁就简、大巧若拙的线条之美。寥寥几笔，便勾勒出人物世相百态、飞鸟禽兽个性、特征，栩栩如生，堪称神来之笔。

　　吴冠中神游于诡谲奇崛的艺术王国里。彼时，他支起画架，就着汉画馆里并不透亮的灯光，如痴如醉地临摹起来。天人合一，人神交融，中西合璧，西洋油画与中国文人画之间楚河汉界渐次模糊，一股狂飙般汉风由百会、合谷穴而入，经任脉、督脉，回荡于经络之间，汉魂真气沉于丹田，气冲天目，等待慧眼天开那一刻。

　　日光流年，谁的丹青之笔在等烟雨，在绘君、绘伊？乙未年仲夏，前度徐郎今又来，南阳城郭，极目之处，对这个盆地的敬畏和温情不仅停留在卧龙岗上，还投向南阳人引以为傲，从上个世纪三十年代就开建的汉画像石博物馆。

　　不得不承认，面对光武帝刘秀起家之地的一位土豪建的墓室汉画像石垒成的大门时，二十年间，从同事那里积累得来的汉画知识储备，都在那一刻被彻底颠覆了。

　　毫无疑问，我直面的是一个血性、胆识、力量与欲望全面失控的朝代。那一道骤然打开的石门，犹如通向大汉帝国历史之深邃，引领着我们。大风起兮，一股艺术汉风扑面而来，左门柱上之青龙，右门柱上之白虎，上阙衔着辅首门环的朱雀，仿佛于瞬间御风而起，直上云间，仰天长啸，和和而鸣，或藏雷纳电，或云谲波诡，或惊天动地。我可以想见鲁迅第一次翻阅南阳汉画拓片时的惊讶神情，我也毫不怀疑吴冠中第一次面对巨石石像涌动于心的巨澜。汉代南阳的帝王将相、汉儒先贤、达官显贵、簪缨之族，用永不风化腐烂的青石，留住了生前骄奢淫逸、繁华一梦、长生不老、羽化成仙的不朽与记忆。而制作者却是一群默默无闻的民间大工匠，一钎一锤一钻一刻，与太史公一点一画一字一句，异曲同工，风流趋同，而且更有世俗味、烟火气。石像上的故事、人物，仿佛就是凝固的《史记》，不着一字，却尽占风流，几条勾线，便神韵凸显，用超越人类边界与藩篱的绘画语言，为我们绘制了一个天国神界、仙宫林苑、人间浮世绘。仿佛就是一部纪传体的《史记》，分成本纪、世家、列传，三教九流，一一呈现，且与司马迁有着异曲同工之妙。于是乎，那种极尽夸张、简约之刀笔，随着龙飞虎啸，高枝凤鸣，在羽人引导下，我们叩响了门上辅首铁环，穿越双阙，似乎进入另一个天神之界，复活了大汉时代。石刻一龙一虎相向交舌嬉戏，龙为阳，虎为阴，天地阴阳，日月神兽，男女冥界，相生相合，象征着天地玄黄，一片混沌；而伏羲女娲交尾，则预示人类始祖在伊甸园中繁衍生息。随后，是雷公出行，石刻一车，三只翼虎牵引，云为飞轮，车中树鼓，车乘二人，前为驭者，后为雷公，手起鼓响，一记记惊雷响彻苍穹，云罅裂空，穿云带雨，预示着风调雨顺的好年景。祥瑞人间，龙熊辟邪瑞兽横空于世，一胡人手执小刀阉野牛，以便驯服驱役，牛为魔界之兽，与龙熊一图，更有驱魔逐疫之意，俨然是一幅东方的创世记。最见力度的是斗兽伏虎图，一位民间大力士，头戴面具，是为象人，赤手空拳，搏一独角兽，其兽之角，犀利无比，尖如利刃，肩生长羽毛，踏云而来，奋力与象人相拼，兽死谁手，人亡兽存，你死我活，胜负难卜。接着另一个力士出场了，徒手握拳与狂牛相搏，竟不知身后一只巨虎悄然而至，张牙舞爪，虎啸不已，力士顿时陷入绝境，却气度从容，步伐不乱，沉着应对，置之死地而后生。最终伏虎驱牛，英雄归来。大汉始祖尚武蛮野之气可见一斑。

一个混沌时代渐行渐远，春秋战国以降，仙界、魔界、神界成了梦想，而骑士、义士、侠士的忠肝义胆却可触摸，俯拾皆是。西门豹除巫治邺、二桃杀三士、烈女传、鸿门宴等，车骑大战，这些耳熟能详的典故和人物，端详之际，依旧有温度，呼之欲出。然，南阳汉画馆最打动我的还是那些有人间烟火气的石雕像，捕鱼、狩猎、田猎、弋射、舞百乐戏、斗鸡、讲学、丧葬出行，以及彗星日月、北斗星、阳乌、四神天象图、跳丸吐火、耍坛子、长袖舞、倒立、乐舞踏鼓舞、建鼓舞等，简直就是一部大汉王朝的民俗百科全书，在领略其汉代简约粗犷艺术之美时，其服饰民俗风情皆呈献于前。

吴冠中的惊诧和激动溢于言表。以至许多年后，他仍念念不忘南阳之行。在北京时他屡屡提及这次邂逅。"一月的奔波，最大的收获是饱看了南阳的汉画像石，汉画馆的欢乐让我忘记了龙门的怅惘。"他对这股汉风对自己艺术之旅的洗尘、洗心，感慨万千，称道"气势磅礴，风格独特，令人一见倾心"。不由生出"高级的艺术，伟大的艺术"的仰天之叹。而对自己盛年变法的催生，已尽在言语之中。"丰富的想象，想入非非，大胆创造，以形表情，超其意外而得其寰中。其艺术的气概与魅力，已够令人惊心动魄了。那粗犷的手法，准确扼要的表现，把繁杂的生活情景与现实形态概括、升华成艺术形象，精微的细节被统一在大胆的几何形与强烈节奏感中，其中许多关键的、基本的艺术法则与规律，正是西方后期印象派开始探索的瑰宝。"中国古代的现代派艺术创造早于西方千年，吴冠中借此羽化成蝶，终成二十世纪中国最后一位艺术大师。然，彼伫立于东西方艺术的巅峰上，最终蜕变化蝶，南阳汉画馆对其影响的轨迹清晰可观，他以简略对繁复、线条去笔墨，寥寥数笔的勾画神韵，大胆的几何图形与节奏，准确表达心中真实的具象之物，开中国山水风景画一片天地。我的同事，自恋为新汉画大家，却弃线条之简单美，浓雾淡墨般的浸淫之技，少了力度和简约之美，而多了繁复与累赘，反其道行之，终不得神示开悟。而大先生一生吸吮的是南阳汉画的奇崛与力量，临终之时，摆放在他枕边的竟是那位勇士斗牛伏虎的拓片，他就是这样一位敢于直面惨淡人生和敢于正视淋漓鲜血的猛士。

大风起兮云飞扬！我仿佛看到大先生踽踽独行在莽原上，俯瞰乾坤，睥睨凡尘，高声行吟："寂寞新文苑，平安旧战场。两间余一卒，荷戟独彷徨！"

天马渐远

甲午之年的天马，行色匆匆，走过四季，影没于暮色，在国人视野中渐行渐远。

初，国人踏入甲午门槛前，对百年前的甲午之变，颇多惶遽，并由此引发一场关于甲午之年的联想与担忧、迷失与惊慌、轮回与剧变的猜想。不过，皆化成泡影。以为要发生的，并未发生，以为不会发生的，却意外惊现。

然，九州大地，因了马年，因了一匹天马行空，纵横捭阖，驰骋万里，仍给中国人带来吉祥如意。时至岁尾，蓦然回首，盘点甲午斯年斯月斯日，虽算不上丰年，倒也远离战争兵燹，天祸人灾，更没有所谓甲午魔咒重现东方。对于寻常百姓而言，幸哉，平和，庆哉，平静。和平、平静地活着，远远比被折腾要好。

马年将逝。马年辞马，马年说马。待新年钟声敲响之时，又一个三阳开泰之年降临。马年生肖，将会被人渐次遗忘，老马识途，将再等一个十二年轮回。然，极目天马于前方渐远，余心中天马情结不泯，英雄情结不死。

身为军人，余最喜战马，以为此乃一个英雄年代之符号，盖冷兵器时代之神器矣。天马横空出世，一朝踏云而来，或一骑绝尘，或盘马弯弓，或铁骑滚滚，或风尘万丈，简直就是一曲英雄交响。遥想十三世纪，被西方政治家称为蒙古骑兵的时代，成吉思汗马队沿山岭曲线，飘过大草原，马踏欧洲大地，风尘卷起，蹄声雨点般落下，如鼓如咽，犹如一记黄钟大吕，叩响欧洲城堡的门环，震撼了人的心灵，也昭示着一个英雄时代的来临。作为欧洲军事教官之蒙古骑兵，仍旧令整个欧罗巴人谈马色变，甚至以"黄祸"作喻，影响至今。然，至本世纪初，战马使命终结，渐次淡出战争舞台，从铁马冰河中骤然消失。亚洲最大军马场山丹、昭苏亦从军方易手，变成当地一个生态、旅游和观光景点，不知这是战马之悲哀，抑或人类之悲哀？

抑或冥冥使然，马年之夏，余有幸，接踵西行，游牧大西北，流连于亚洲两个最大军马场昭苏、山丹。先入伊犁昭苏，此为大汉王朝时乌孙王国地界。是时，大汉帝国为匈奴所扰，皆因彼此之间兵力对比存在一个时代差，匈奴王单于拥有骑兵万千，而大汉多为步乘，一旦刀兵起，匈奴兵出祁连，犹如狂飙一般，越过秦、汉长城，掠夺安西、河湟一带。纵使臂力无敌、弯弓可射穿巨石的飞将军李广，也屡败于匈奴马下，落得一个冯唐易老、李广难封的悲怆之境。太史公春秋笔法，屡为李广、李陵喊冤叫屈，暗讽汉武大帝近贵戚远出生入死之飞将军。其实，一代英主亦很无奈，面对匈奴骑兵屡犯边境，汉武帝一筹莫展，只好出此下策：将刘细君远嫁乌孙王，做一个七十多岁老翁之王妃，名曰和亲。换得战马万匹，一起夹击匈奴王庭，并令张骞翻越天山夏塔，从大食国寻来汗血宝马。如今昭苏境内，仍有牧马十万，肥美者居多，大多沦为菜马。良种马寥寥，却多为赛马。皆盘中之餐，赏中之物也。

余伫于昭苏汗血宝马前，喟然感叹，惊为天马。遥想当年，汉武大帝得此汗血宝马，定为坐骑，跃身马背，便开始出手。时李广已老，卫青、霍去病小将打先锋，率大汉铁骑，兵出祁连，与匈奴王单于对峙于山丹，决一死战。霍去病扎营之地，便是今日祁连北麓离匾渡口不远之霍城，铁马冰河，马嘶长云，这是一场何等壮观的天马大战，一万匹战马从祁连、焉支山雪崩般地流下来，马踏飞燕，蹄声惊雷，地球心脏被震碎了。祁连落雪，死寂的草原一阵战栗。激情、狂飙、剑戟、血潮，英雄与史诗由此诞生。匈奴单于败了，唱着忧伤的匈奴民歌，消失于历史的风尘里。

余出兰新高铁隧道，穿祁连山腹地而过，驶出大、小平羌沟，远眺山丹军马场，大草原依然一片寂静，油菜花怒放，开至荼蘼，金色方块连绵天地，遗憾的是，再不见战马狂奔与长啸，自秦汉以降的军马场一如远古，或者早已经死去。没有了天马腾空，没有了万马奔腾，自然就没有了骑士的激情与传奇，这里变成一片死海，阔阔空空，天马渐远，英雄的故事和歌渐成稀音……

略附风雅

余从去岁五一长假，突然迷上中国书法，寻古人学书之路径，有米襄阳、王铎之书道可鉴。米、王楷书临颜真卿，行书临王羲之，循门而入，破门而出，皆成一代书法大家。余窥米、王成功之道，皆因了一个"气"字了得。王右军生于乌衣巷中，王谢门第，乃东晋豪门，生于簪缨之族，长于钟鸣鼎食之家，堪称含着金汤匙长大，皆无衣食之忧。故少时启蒙，便临汉隶魏碑，稍长，行书又先学卫夫人，后专注于钟繇，鼎新变法，通会之际，人书俱老，终于达到中国行书之至尊之境，令万代景仰。颜真卿亦如是，出于山东书香门第之家，进士入官，承接盛唐气象，其书故有大气沉雄之韵。而王羲之被选为东床驸马，却是带兵之人，官拜右将军。颜公虽官拜平原太守，安史之乱始，大唐境内，遍地兵燹，多座镇守使皆降，唯颜真卿筑高墙，与其侄拼死抵抗，遂被安禄山叛军团团围住，周遭唐军却按兵不动，见死不救，致颜公之侄被戮杀。然，金戈铁马，秋风雄关，壮士不可夺其志气也。盖王、颜二公书，承载王朝之大气也，后世难以望其项背。

书无百日功,终其大书家一生,从少年习书起,皆在路上。余先临楷,开始一周,笔如烈马各朝四方而驰,不可驾驭也。然余兴致正浓,每晚临四个小时,日日如此,一个月入门,两个月便有模有样,半载之后,便可示人。令余之朋友及粉丝惊叹不已,称余禀赋甚好,有家学渊源也。

其实不然,令余掩嘴窃笑,书法家学不敢称,只是少时看得多矣。余之故里在昆明城郭之大板桥古驿也,徐家邻居,乃一远房大伯徐加祥,写得一手漂亮楷书,古遒沉雄,海风山骨。"文革"年代,每村每队、每家每户标语口号、革命对联,彼书丹也。时,余仅六七岁,伫立于侧,仰洋洋之大观也,领略中国书法之美。余问大伯,其书法为何人所教,大伯云:师钱南园也。余再问,钱南园者,何方神圣也?彼答:昆明县大板桥一甲人,大清帝国乾隆年间进士也。彼官至御史,书法俱佳,师承颜体,为民国小学之书法教程也。

如此这般,余方知,余之故里大板桥,有文化书法源流也。待少年长成,初习描红,后临大伯之书,且当童子功。及至初、高中,得邻居家藏书明清小说,皆宣纸手抄本也。余歆羡不已,暗下决心,有朝一日,余之狼毫小楷书写,当如斯。

余学书愈深,对中国书法之道统和法度亦略知一二。凡中国书法之大家,其一生经历,或为朝廷高官,或将军戍边,或文章大家。如唐之褚遂良、欧阳询、陆柬之、孙过庭,宋之苏黄米蔡四大家,元之鲜于枢、赵孟頫,明之董其昌、黄道周及贰臣王铎,因了高官之经历，文人出身，为官做人皆有大道，上承天心，下接地灵，故天地人合一，胸有大境，书有大气，书如其人，多写字高手也。

环顾当下，所谓中国书坛，书家辈出，星空灿然，皆称书法之盛世也。然，以余对中国书法源流之大观，比之晋唐、宋元，乃至明清，当下能称为"书法家"者，寥寥也。所谓以"大书法家"自居者，不过写字匠耳，其身断绝国学，不通古文句读，不晓音律，诗歌之平仄对仗，多被诟病，慢词、中堂对联，皆不擅长也。写书法时，多抄古诗词为乐，写古诗撰联，无律、无文、无心、无己、无魂也。然，一条书法之道，却行者匆匆，仅长安道上，某省书协改选，副主席竟有三十六人之多，多为退休高官，亦为末名文人，皆来朱雀大道凑热闹。名利场上，唯见熙熙攘攘，不乏前仆后继者，究其原因，皆为利来也。

余学书一载，每晚临帖三四小时，多习晋唐先贤，渐入佳境。偶有朋友索墨宝，余惴惴然，羞于出手，婉拒也。皆答，五年之后再奉送。今年劳动节，余晒了一年临池学书之果，向众亲炫示一番，众人称余之书露出中国书法道统和法度，令余惴惴。其实，余重在汇报，亦告亲友，书法者，文化人所备之器，古时之书札、信笺，乃精神交流之留存也，余之学书，并非附庸风雅，唯求临帖之时，全神贯注，心静于焉，以助文学创作，别无他求也。

辑七 岭南观潮

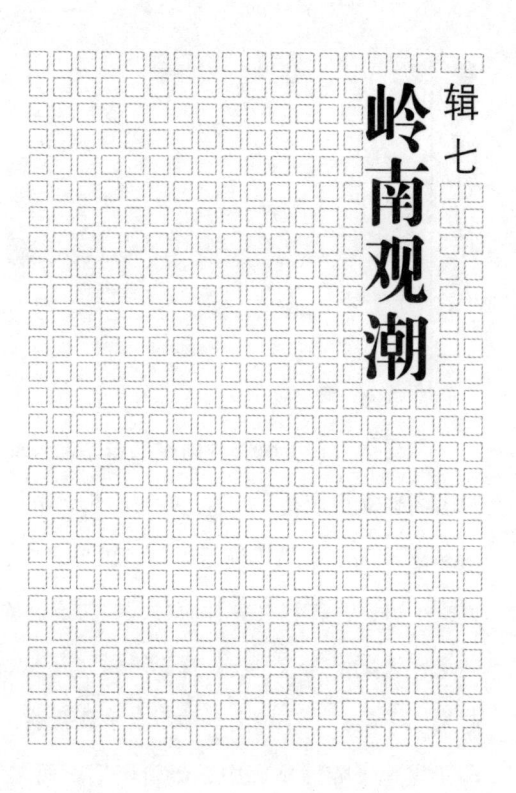

乡关何处寻祖魂

九夏伏天，予应香港商报之邀，入粤地，参加"品鉴岭南——中国著名作家广东行"。第一站为惠州，下榻于西湖畔。暮色泛起，暴雨初歇，烟雨朦胧，倚窗远眺，雨幕之中，仿佛看到东坡青衫长袍，方帽纶巾，芒鞋竹杖穿林而过，匆匆走过岭南。一片辽远之域，因了一个伟大文化之魂，长长投影于焉，流人之地才变得如此温婉、人情起来。于是，予品岭南，独不在乎其新潮，敢为天下先，此已深深烙印于粤地民族性格之中，毋庸赘笔。而在于是否有一种深邃历史之眸，将民族之魂、祖宗之根留住。

最后一站为东莞，一个曾经卷于舆论风暴之中的城市，犹如台风过后，正在进行形象重构，且初现彩虹。然，我等此行，并非心慕高科技、大制造时代，而是文化之旅。接待方亦深谙其道，下车之始，虽阳光正烈，却邀我等去观百里荷塘，据称有三百多亩之广。然，我辈本是诗心犹存，激情莽荡，早已游历过白洋淀、微山湖万亩湖莲阔大无边，近日晤莲花盛景，怎么惊呼坐爱荷池独向晚，赏尽莲花不参禅？倒是桥头镇人以荷自许、自爱，甚至有几分自恋，令予颇为诧然。曾几何时，斯人斯地，商贾道上，熙来攘往，夜场纸醉，美人坐怀，天天如斯，皆填一道欲海，世人皆浊，唯我独清，追求出淤泥而不染之境，保持一股清濯之气，反倒令人激赏。下午，苍穹无云，天清气朗。脚步轻松，心情放松，流连过一片私营生态园之后，走向余岭南之行收官之旅，看迳联古村落。

大巴穿过喧嚣街市，隐入城郭。却被蜘蛛网般电线横道挡住，下车步行，数百米道上，憬然四顾，唯见黄皮挂果，古树染金，星星般缀满天际。绕过一道灰砖垸墙，一道门嵌红砂岩拱门突兀于前，灰墙枯藤，小花点点，青苔满布，斑驳之沧桑之下，仰首之间，阴刻四字。寻门而入，绕过一灰砖墙影壁，犹如一个桃花源别有洞天，惊现于视野。前方一巨大水塘，如一弯媚眼，将一个梦一般的古村落，倒影于碧水之中。古树横枝，石板路光亮，入村之口，竟然坐落着一座祠堂，石狮守门，门坊雕梁画栋，一对额联于两边，上下联撰额道："祖孙五进士，叔侄两藩侯。"寥寥十字，将一个罗姓氏族之荣耀与辉煌尽现人前。然，我等为拍古村全景，未随大队人马，由村口石板路入罗家祖祠，而环池圆形之弯，从古树绿荫下而行，从池塘水中俯瞰全村，古屋林林，残垣断壁，蒿草寂寂，或有几亩菜地间陈其中。予环池边徐行，且拍且叹，且行且观，绕过百米之间，见一老妪坐于池边，身边置一木桶，神情枯槁，粗布头巾，缄默不已，仿佛从遥远的大宋年间而来。

余跨过一小沟壑,见一方井,足有乒乓球桌大,井水清澈,井口为黄砂岩条石而砌,绳痕斑斑。余上前一步,唯见一块东莞市政府勒石,此井始建于南宋。有乡井处必有人烟,一下子透出逐联井历史之久远。然我仰首之间,仿佛入梦,梦入蒲松龄笔下之境,繁华都市突浮现一个古村,背北朝南,北边有一孤山,树林森森,古樟成伞,荫泽千秋。可古村死寂,不闻鸡鸣犬吠,不见农人匆匆,赶牛欲归。

鸟鸣黄皮树,进村石板路寂无一人,余循巷口从东门而入,夕阳将余之长长影子投射于石板之上。拐弯处,一株巨大的黄皮树叶繁枝茂,果如水晶球,蔓延于其间,堆积成金山,我寻巷而入,见一收废品之中年男人站于巷间,一问赣人也,盖在此租房十载矣。余问本地人,彼答,皆搬出去住豪宅矣。这么好风水不住?余愕然,彼摇头,人家嫌古屋又潮又矮。余摇头,走出一角楼门洞,又是一仙境浮世,一广场下边,另一个月亮池塘横于东边,环池皆为古宅,四周加了扶栏。时角楼西边半坡,有一中年妇女在门口,余上前搭讪,亦乃外来人,丈夫姓袁,带儿子来此打工,儿已娶妻生子,彼为其带孙女。余问房租,一月八十元,一年竟然不到一千元。伊遥指坡上有一古亭,称值得一看。

苍烟落照进士村

祖先之魂还在迳联古村巡弋吗？余步入小山之凤凰亭，叹世事沧桑，繁华落尽。盖村中罗氏后裔遗忘亦太快矣。仅仅三十五年间，借中国国门洞开，吹来之东风，一夜暴富，在迳联村之北盖起一栋栋别墅，便将祖先八百年间积下之功德、阴德，统统抛于身后，留下一座空村，任由祖宗之魂灵在死屋之中徘徊，无香火供奉，无炊烟冷暖。余伫立于凤凰亭中，极目远眺，古村之东门、北门，楼亭犹在，水榭古屋倒映于池塘，却无捣衣之妇棒杵之声，麻石路上，小巷之中，不闻鸡鸣犬吠。一座空村太死寂，寂然得有点瘆人。菜园荒芜兮，不见斗笠缨带飘动，更无采菊东篱下，悠然见南山之盛景。八眼村井：大井公井、面前塘井、山头园井、花影井、新井、花园井、新围面前井、黄泥井寂然于道，皆颓垣废井。可井水清澈，清凉味甜，却空照亘古日月，再不见担水少妇以井水为镜，挽髻梳妆之倩影。

迷失矣！我们究竟迷失于何处？时，苍烟浮冉，落日楼头，不闻断鸿声声，唯有一抹夕晖染红天际，犹如一面面灵旗飘逝村前，祭魂、哭魂、喊魂。兀立于此，一种沧桑感涌上心头。余走下凤凰亭，一块平台之上，南北两侧，唯见两株古榕相掩于道，老杆新拔，蕤葳蔓延，如两把巨伞擎于苍穹，横盖天际，庇佑着罗氏子孙。然风水还在，子孙已散，古桑梓已摈弃。余漫步于古榕围台前，见一勒石，标识其文，此两株古榕树已有四百余年之树龄也。时有一青年人踯躅于榕树前，余问彼为当地土著乎。彼答系罗氏子孙。余问还生活于村里。彼云抱愧祖先，未能在村外建豪宅，只好蛰伏村中。余感叹，此村风水极佳，宜居也。彼称，已交一承包商，拟改建老年养生公寓。

余惊诧不已，夕阳苍山，古村陆沉。经历八百载风雨之后，沉落于苍烟落照之中。遥想当年，南宋嘉熙二年（1238年），罗映奎高中进士，其第四子千九郎立村，古称迳背村。此公颇信风水，以蒲爪岭为倚，南北各挖两个大池塘，引清泉入池，状似媚眼，形如下弦之月，映衬凤凰亭。渠在村中铺麻石石板路三里有余，纵横罗氏族亲。东西南北中，淘出八口大井，以滋润颐养村民。其风水之奇，尤以宋朝年间所置东门为胜，门以红石为框，一门两厢。门上曾挂一木匾，上书"应阳重宴"，门前呈一个鲤鱼地势，大门口为鱼嘴，石级上方有两个圆形红台石为鱼眼。鱼背由麻石砌成，鱼肚由红石铺设，鱼尾则由两条麻石岔道组成。称"鲤鱼返迳"。颇具文化符号。北门则为宋朝风水大师赖布衣杰作，造型奇特，分前后两进，前进为正方形，后进为长方形，为无顶敞开式，前后左右均设有门。前进稍高，后进稍矮。出前门左边为冯屋村，右边为叶屋村。北门正门镶有阴雕"南宫里"三个大字，为明朝皇帝所书。东门为迳首，北门则为迳尾，意寓鲤鱼跳龙门。明清以降，好梦成真，大明王朝末季，五十年间，迳联村有两位子弟跳龙门。先是弘治年间，罗中高中，官拜江西左参议。嘉靖二十八年（1549年），罗一道再度金榜题名，官封四品，为湖广提督。相传彼时有一催粮官来罗氏宗祠催粮饷，见北门上刻皇帝御题"南宫里"，连忙下跪。进门后，连茶水也不敢饮，向族长讲明来意后便匆忙离去。

残阳如血，迳联村最后一缕霞光，落于罗龙骧头上。光绪九年（1883年），罗龙骧中武进士，官拜蓝翎侍卫。彼告老还乡，建进士府。余踏着夕阳，入进士府邸，亦并非豪宅，更非穷奢极欲之辈，其宅占地四百多平方米，建筑面积也不过一百多平方米，隐于寻常百姓人家，无峥嵘之状。唯其主楼和门檐上的古贤人物灰塑与水粉画，方显高古风雅之势。然罗氏之功，不在告老还乡，荣归故里，而在其有开放之怀，将德国之福音堂、法人之天主堂引入村中，牧师、教士与和尚、道士以及儒生和谐共处，遂成一股有容乃大之气象。

然，上古之风不再。时古村门庭紧闭，庭院蒿草齐腰，狐仙出没，野鬼当哭，几声风铎摇曳，甚是凄寂。余流连古村，返回北门，蓦然回首间，残垣断壁之中，唯有一抹苍老夕阳相伴。余流连于麻石路，前不见古士，后不见今人，独怆然而涕下。仿佛看到乡村中国之历史背影投影于此。青史断章，古村沉落，只留下一抹夕阳，一片海棠血泪。

云响衣裳花想容

香云纱，属于少年记忆。彼时，正值"文革"年代，文化一片凋零，仅剩八个样板戏可观。一部《红色娘子军》翻来覆去看了几十遍。然，留痕最深的不是洪常青英俊潇洒、吴琼花苦大仇深，而是反面角色南霸天，一袭黑衣，汉式立领，对襟中分，系一排盘花扣，笔挺、无皱，薄如蝉翼，随风而荡，雕塑着躯体之骨感之美。我问大人此裳何物，答曰，土豪劣绅衫，唯有老地主穿得起。顿时瞠目结舌。留给我最初印象，此乃富人行头。

改革开放伊始，岭南开天下先，大批港商、南洋华侨纷纷登陆南中国，不少巨贾富婆穿金戴银，描眉画唇，一身珠光宝气，衬着上衣，仍旧是那一袭我幼时见过的簌簌作响大襟富婆衫。可我仍不知其名，只知其在南粤和南洋流行一时。

日光流年，三十年一梦家国。环顾左右，不再是安东尼奥尼镜头里摇摇晃晃黑白灰的中国，大衢闾巷，汇成一条条流光溢彩之河，而那一袭南粤黑衫在记忆里消失，无影无踪。

再次见到这袭黑衫,却是荔枝熟了。乙未年之夏,参加中国著名作家品鉴岭南行,穿行于惠州东坡先生日啖荔枝三百颗之古林下,溽热难当,稍为活动,便挥汗如雨,浑身浸湿。我离南方三十载后,竟长一身痱子。而组织者兰钧然老弟则带两件南粤黑衫,此纱神奇,吸汗透气,不粘皮肤,风一吹来,簌簌作响,湿了,放入水中漂一漂,荡几荡,抖几抖,拧在手中,半个时辰便干了,不皱,不折,笔挺如新。穿在钧然身上,岸然一大帅哥的雄肌骨感。沿街女士频频回眸,令男人也艳羡不已。我问钧然此纱何名,如此之奇,答曰,香云纱,又叫莨纱,产于佛山顺德县的轮教镇。四十载偶然一见,少年记忆瞬间被激活,我说当年在《红色娘子军》里见过此纱,南霸天穿的。钧然哈哈大笑,说正是、正是。秋天来佛山吧,让兄一品岭南香云纱盛筵。

相约秋季。果然,两年一度的广东省国际旅游文化节在佛山罗浮宫家具城举行,那简直就是一场香云衫之霓裳羽衣舞。众多佳丽身着香云纱,或旗袍裹就,或大襟袂袖,或时装飘逸,或薄纱半透,或博带拏云,曼妙身姿,婆娑而舞,迈着猫步,款款走上T台,橐然之声,香云之裳如梦、如电、如云、如霓、如幻,令人疑回到了汉之未央宫,唐之大明宫,北宋的紫宸殿上。我击节感叹,这才是真正汉风劲吹,越是民族的,越是世界的。南粤之纱,可借此再度辉煌海外。坐于一旁广东省旅游局局长曾颖如女士见我沉醉其中,介绍道,香云纱织染技术来自民间,系下里巴人所为,其兴焉其勃焉其衰焉,亦不过百年之间事情。

遥想当年，佛山南海渔民出海捕鱼，喜用一种薯莨汁染于渔网上，以图坚挺耐用，此古法始于东晋，其中之奥秘鲜为人知。后薯莨汁溅到粘有河泥衣服上，遂变得黑光锃亮，历久愈新，性韧耐用。从此，渔民便用薯莨河泥染布浸绸。于是，大清国道光年间，南海西樵村一带始用薯莨、河泥对平纹绸进行染整，经浸莨汁、封莨水、过河泥等十多道工序后，原来柔软的绸缎变得厚朴坚挺，油光漆黑，闪闪发亮，做成汉装，后经风吹雨淋，日光曝晒，黑色渐褪，成了一片土豪金，灿然无比，又是一片富贵色，寓意吉祥，令黎民百姓追捧不已。

一九一五年，南海西樵纺织世家儒林村程氏兄弟发明了马鞍丝织提花绞综，首创出纽眼通花的纱绸，"香云纱"从此横空出世，佛山、顺德等地养桑纺纱，"白坯纱"和莨纱晒场犹如雨后春笋，遂成一道风景。

如今，顺德轮教成了香云纱生产的重镇。2008年，彼拿回国家第二批非物质文化遗产，使几近失传的工艺重光，成了香云纱揭橥者、领跑人。

我知道，日本人对香云纱织造浸染工艺觊觎久矣，自上个世纪四十年代入侵华南后，便对这种纯天然轻纱狂热迷恋，穿在身上，滑爽、凉快、除菌、驱虫，且揉之压之不皱不折，认为是做和服的最好纱料。战时，欲攫取而不得，战后，又纷纷派工业间谍南下，终是一场空。

这是老祖宗留下的秘方，日本人抢不去，也偷不走。谈及此事，轮教镇负责宣传的委员黄炫丹女士不屑一顾。香云纱的薯莨为多年生藤本植物，产于华南两广、湖南、浙江等地，尤以广西丹州为上品。形似芋头，表面紫黑，肉为棕红色，含有单宁，而轮教鱼塘泥则含有高铁，两者相遇便迅速产生化学反应，变为黑色。香云纱的工艺则在薯莨汁池，浸泡六次，封水数次，轮回两遍后，铺在沙子上约为二寸绿草晾晒，坚挺光亮，收缎后便可入制衣程序。

　　香云纱，响云纱？余意不如叫响云纱更有诗意。像云一样飘绕、响动，云响衣裳花想容。在轮教镇，我试穿了一件香云纱。一袭黑衣，地道的汉服，立领，对襟，一排盘花扣，顿觉大风起兮，汉魂迎面。作家朋友都说好，是对我过去一身大戎装的颠覆和反衬。伫立于穿衣镜前，我惊呼，南霸天、胡汉三回来啦。试装照发于女儿和朋友，皆云，极丑，不适合于我。百思不解，我不过换了一身行头，变了一副面孔，亲朋好友皆不识于我。其实，少时，我穿的便是盘花扣的对襟汉装，魂丢已久，我找回原生态的中国面孔，也找回了自己。

二〇一五年十一月十三日上午十一时

辑八 芃野行走

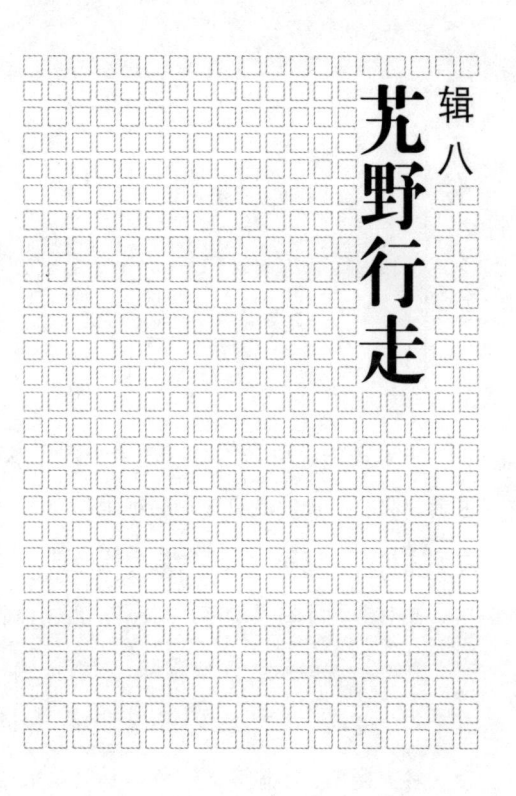

三阳开泰

年关将至,新春肇始。当新年钟声敲响之时,众生皆忙于辞旧迎新,收官开局。既有对一骑绝尘马年之恋眷、感叹,又有对于元春之始之祈祷、期盼。众多传媒急于遴选一汉字,描述渐行渐远天马之年。亦对即将降临之羊年,图一吉言,寻新年贺词。

然,众说纷纭,众口难调,一字一年,难以一语概之。察古今五千年之变局,天时否泰,命运多舛,轮回往复,人间正道,沧桑如斯。参大概率、小概率之事件,马去羊来,于天于地、于国于民、于族于家、于师于亲、于古于今、于时于运、好运于焉,盖祥瑞之年矣。此历史早有定论。故马去羊来,马年有一马当先之说,而羊年则有三阳开泰之贺。

三阳开泰,出自于《周易》泰卦。易经称,爻连为阳卦,断的为阴爻,正月为泰卦。意思说,农历冬至之日,白昼最短,往后则白昼渐长,故冬至是一阳生,十二月为二阳生,正月为三阳生。冬去春来,阴消阳长,此乃吉亨之象。且在易经六十四卦中,泰卦最好。

《易·泰》云:"泰,小往大来,吉亨。"古往今来,便有否极泰来之说。三阳开泰,国人于羊年以一字易之,变三羊开泰,皆为颂岁首或寓意吉祥也。

《宋史·乐志》称:"三阳交泰,日新惟良。"余观今日时局,尽现日新惟良之世也。马年反腐,收获巨丰,从年初至末,大大小小老虎苍蝇落马,不计其数,普天同庆也。然,冬至刚过,中央马年伏"三巨虎"收官之作成局,缚令氏于朝,堪称大快人心。且在令氏被伏之后,京畿天空,遽然惊现一片吉祥之兆。十二月二十四日傍晚,斜阳燕山,余晖城郭,一簇簇火烧云浮冉于天边,云卷云舒,聚合裂变。刹那间,鸾翔凤翥,鸿惊鹤飞,一只巨大火凤凰横空惊世,翱翔于天,遽然成凤凰涅槃、浴火重生之状,于吾国吾土,斯民斯党,象征什么,又预示着什么?天若有情,隐喻尽在其中,何须人解!此天佑中国也。

三阳开泰,皆为贺羊年而来,绝非余喃喃妄语。在余之视野中,火凤凰渐成幻景,留给芸芸众生以无尽喟叹,而祥瑞之景接踵而来。一阳伊始,便有金羊御风,于世界屋脊之巅踽踽独行,惊羡天下。时雪风掠过,原羚跳跃,其速度如风驰电掣。余之好友,青海湖人文版主编辛茜女士,随青海湖管理局科研、保护人员巡湖,环湖而大转,长达六天,驱车行程一千余公里,于大湖之北,拍到羚羊精灵般划过芫野,图片发于微信朋友圈,恰好冬至时辰,入一阳之始也。令我等蛰伏于死水微澜之隆冬众生,欢喜异常、希望再生,高天之上,羊年已露出一缕吉祥之光。

藏传佛教对山川湖泊之膜拜，始于原始之苯教，故转山转湖，磕长头，跪拜长生天，一直传承至今。马年转山，羊年转湖。青海长云暗雪山，环顾西藏及青甘川滇四大藏区，属马神山，唯青海之阿尼玛卿山；属羊圣湖，唯青海之青海湖也。斯时，虽羊年转湖未至，却有原羚如天使跃过青藏高原，给时下中国，传递一种祥瑞之象。

余生有涯，遥想数年前，登藏南加查县拉姆拉措，朝神湖，观湖相，看前世今生来世。可谓波澜不惊，湖静而莲花生。一步一菩提，一眼一观音，不能不步步惊心，不能不心生虔敬。时太阳偏西，余等观过湖相，窥尽前生今生来世，时，神湖宛若一块魔镜，骤然合上，波平如镜。同行朋友喊照相，声音略大，恰一只灰头雁掠过头顶，叽叽喁啾，如哨声一样尖啸，穿破天空。此时，湛蓝天幕上，未见一丝云彩，可神鸟一叫，便有几片瑞雪落下，落在余等头顶之上。

神之极矣！同行朋友朝天惊叹。

斜阳正浓，暮霭四起，雪风徐来，余等下山。强巴师傅仍第一个抵停车场，彼惊呼，过来看呀，过来一群岩羊。

余循声而望，投目之处，唯见一百多只盘羊流连于车场，白白屁股，与荒坡上石头相近，隐蔽性甚好。有三只岩羊伫立于车旁一块石头之上，离车五六米远，徘徊良久，不愿离去。

吉兆！余仰天长叹，刚膜拜天上仙女湖，看尽余之三世，又见三羊开泰，湖生吉象，盖时运众生矣。

圣湖观湖相

余在拉萨采访已经逾半月，常踏暮而归，倦极。一日时逢周末，余对领导刘亮曰，放松一下，赴雍则绿措观圣湖可乎？领导不辨东西，问湖在何处，余告之仁布县，此乃寻找班禅灵童之观相湖。相传，十世班禅圆寂后第三年，高僧大德在雪山之下作法三天，然后爬至雍则绿措观湖相，看到湖映一匹白马，一少年在献哈达。由此判定，转世灵童生于马年，并按湖相所示，寻访当今小班禅。领导眼睛遽然一亮，甚好，余正欲沾仙气。

翌日，晨六时许，溯雅鲁藏布而上，驱车二百多公里，去谒圣湖。上午十时五十八分，车抵泽鲁寺，乃一小尼姑庙也，公路已至断头处，无车可行，亦无马可骑，唯有背包上山。一行六人，皆比余岁数小，堪称老西藏，在拉萨待了二三十年之久，却未谒过圣湖，均不识路。余见小尼姑，着一袭酱色袈裟，肩挎一大铜壶，欲上山背水，身边跟一岩羊，曼妙如仙。余请伊上山带路。伊掩口一笑：佛家人不与俗人为伍。

行前打听，上山需爬六小时，且步步向上。余不以为意，在京曾有穿越野山经历，周周如是，不足为惧。然，从泽鲁寺门口开始攀登，前方竟横亘四座大雪山，海拔皆在五千米以上。刚登第一座，嗓子便拉起了风箱，途中又遇雨雪。朝湖之旅，蹒跚艰难，千辛万苦，上山半程，余一直在藏族翻译次桑之后，他乃"土著"，从小雪山里长大，背着中午干粮和所有人相机，仍身轻如燕，疾步如飞。后来，刘亮亦超余，毕竟他小余十几岁，年轻即是资本矣。

终于抵第一道经幡群时，海拔升至五千三百米，已跋涉了四个小时，队伍几近崩溃，走十米就要站着歇会儿，大口喘息，如拉风箱。雪大路滑，说话声音大点，冰暴追着头上砸，有自治区人民医院内科主任李海英女士在余之后，伊时患感冒，不时大声咳嗽，头上冰雹砸头而来。余说，伊能否不咳嗽，答曰忍不住也。

又有一座大雪山矗立于前，还不知湖在何方。绝望之时，领导刘亮与余商量后撤。余曰雪山顶上有道经幡，爬上去照张相再撤，不枉上雪山一回。斯时，只见一家四口藏族同胞仁布县德吉乡次仁、米吉姐妹一家赶了上来。五岁顿珠几乎不要大人牵扶，步履雪山，似闲庭漫步，令我辈讶然。余听次桑打听，圣湖就在左前方，仅剩二十分钟行程，隐没在另一道雪山之脊下边。余惊呼，这一家五口，可是度余一行之人也。五岁顿珠，胜似奔五的徐剑，少年当可畏，五岁胜五十岁老剑客也。

于是，我们紧随次仁阿佳拉，蹚雪而行，可是余这支队伍里，最年轻的蔡科长和内科主任海英女士却退却下去，不敢再往前攀了。余自豪无比，以壮年之躯打败两位比自己年轻许多之"老西藏"。圣湖将至，余蓦然想起一事，当年泽鲁老尼，仙风道骨，一百零四岁坐化，就离圣湖不远，积香木焚烧涅槃，火点燃之后，突然天降五彩雨，东边日出西边雨，瑞相也。顷刻，一片白云飞来，垂直而下，织成一个围幔，团团的，荟萃于老尼坐化圆寂之火上，包裹着她一缕灵魂，随白云而去，如登天阙。

圣湖将至，还有四百米上坡，到一个玛尼石堆前，要将身上所有金银细软和铁器留下，余见前边的两姐妹，解下腕上手表，放于眼镜花盒里，再踉跄前进，最后十米上坡，是次桑再携着拽上去的。

终抵圣湖雍则绿措，如一块圆镜凸现，余一看，顿时泪流面，看手机，此刻已是下午三时二十分，离出发时间整整走了四个半小时。也许真诚、虔诚和执着感动上苍，佛缘已至，神湖雍则绿措掀开神秘面纱，向吾辈展示诡异多姿的湖相，吉祥如意，恕余保密，天机不可泄露，可却令我辈惊讶万状，皆喟叹，寻得福祉，有神灵护佑。

返拉萨第二天，领导刘亮被任命为老城区区长。

十载阳台云和月

过了元宵节，三阳之春渐成气候，天空中吹来些许暖意。春风徐徐，阳气浮冉，紫气东来，妻子便张罗搬家之事。

所谓搬家，并非真正意义乔迁之喜，只是比原来大院公寓房多了十几平方米。然，余仍欣喜若狂。毕竟，饭厅大了，可设家宴待客，毕竟，书房与客厅分开了。从此，便可告别相伴十三载之三尺阳台。此事还得感谢一位老大哥领导，彼于离休交班最后一天，力排众议，专断拍板，为作家办事，玉成其美，幸哉！

是日黄昏，京畿天蓝，云卷云舒。余遵妻之嘱，开始收拾堆积如山之书刊。那张安静书案顿时失去平静，怆然环顾，四处皆书也。余再无法心如止水坐下来敲电脑，更不能波澜不惊地挥狼毫小楷，梦回唐宋。时，暮色四合，一轮下弦黄月亮钻出城郭，犹如紫禁城里飘来之孔明灯，挂在杨树枝丫之上，被人遗忘，却照着亘古之岁月与你我。

日光流年，日落月升。自新世纪之门洞开，余跻身师职之列，在复兴门桥西分了两套小屋，皆不大，加起来不过一百零一平方米，且一套在三楼，一套在一楼。然余满足之极。住房面积比过去大了一倍，但无地方安妥书案，便将一楼客厅阳台打通，且奢华一回，买了一张红木饭桌，竟抬不进六平方米之小饭厅，便将两头半圆小桌拆开，合成一小圆桌放于过厅做饭桌，而将中间一米见方之方板，卸下窗子，抬入阳台之上，成了余之书案，外加一酸枝圈椅。一张饭桌一把椅子，于是乎，不到三平方米之小阳台，成了余最狭小却多少有点豪华之书房。

壮哉斯室，不吝其小；美哉陋室，唯吾心静。余左顾右望，前后二米有余，左右一米见宽，不可倚窗远眺，亦不能环椅踱步，却蛰伏于斯，潜心创作，犹如老农耕田一般，每天日出而作，早晨七时准时下楼，匆匆洗漱，然后草草早餐，便展开阵地，打开电脑写作，子夜将阑时，余方上楼而息。年年如斯，月月如是，天天如此。第一本作品便是写一九六二年中印边境自卫反击战之作《麦克马洪线》，整整十个月，余心静如止水，于二平方米之地，远眺喜马拉雅那场战争，溯民国初年弱国无外交屈辱之状，与长眠于雪山之巅英灵交谈。写至二〇〇三年春节，余只在大年初一为自己放一天假，初二便开笔，心无旁骛，淡然如水，入禅定之境。然到了初四，暖气热，开窗透气，罡风拂过，便患风寒感冒，输液四天方愈。时女儿正在读高中，问余此书值多少钱，余答无价。女儿云，出都出版不了，还无价呢。余道至少值一辆中档车，待时给你做嫁妆。女儿笑曰打妄语也。然，杀青之时，整整五十三万字，指挥过那场战争的阴法唐老人改阅后，称余制造了一枚重磅炸弹；军科藏学专家王贵一字一句审过，评语为划时代军事文学巨著。后，人民文学出版社和长江文艺出版社皆看中此书，我对前者要求五万起印，后者则要七万印数，对方皆应承。然由于各种原因，至今书稿仍藏于箧中，不见天日，可余却并不引以为憾事。遥望长眠雪山之下之英魂，余问天无愧也。

后余又受中国作家协会委派，四上青藏高原，追踪采访四载，蛰伏于一方陋室，写下青藏铁路扛鼎之作《东方哈达》，洋洋洒洒四十三万字，成为当年所有中央媒体宣传青藏铁路之蓝本。亦让写国家重点工程之创作，达到一个前所未有之高度，给余带来无尽名声。随后，约稿不断，南水北调、西电东送、东北老工业基地振兴和青藏联网等纷纷请余前去创作。十载之间，余于斯室写就出版《东方哈达》《灵山》《冰冷雪热》《遍地英雄》《国家负荷》《原子弹日记》《雪域飞虹》《王者之地》《浴火重生》《玛吉阿米》《逐鹿天疆》《梵香》《坛城》等十四部书，几乎一年出版一部，获得十几个全军、全国文学大奖。其中四部被译成英文，对外出版。

十三载阳台云和月，云淡风轻，陋室独乐，唯余心寂。对于一位作家，苍穹之下，豪宅连成城，一张书桌足矣。三尺之地可容余身，窗外笙歌夜夜，霓虹闪闪，皆与余无关，还是寂寞一点好。寂寞心域有了神，便有了宗教之纯粹与清净。

搬家之前，妻子花数万元，为余买了一张红木书桌，书案何其大，置于书房里，余茫然四顾，不禁叩问，余还会有一颗寂寞心，写出秋水文章吗？！

辑九

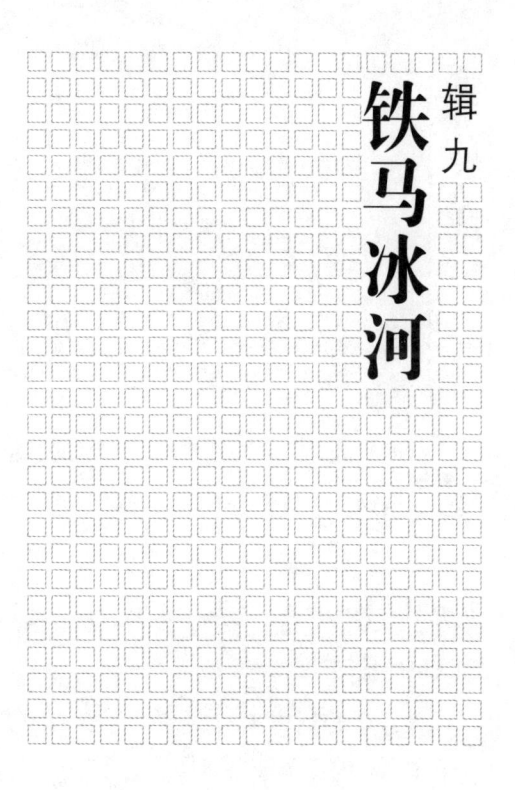

铁马冰河

爷爷的抗战

秋凉时分，三天雨夜过后，京畿的秋空突然放晴了，呈现一片阅兵蓝。余站在十里长街一侧，远眺分列式开始了，一群参加过抗日战争的老兵，有八路军、新四军，还有国民党的中央军，以及滇川黔之杂牌军的老兵代表，皆坐于车上，光荣地驶过天安门广场，接受祖国和人民的检阅。

时，余看到坐于检阅车上的老战士，个个青丝霜白，年龄皆八九十岁，盖一代老英雄矣。倏忽，余之眼泪突然涌出，泪眼迷离，仿佛看到本家爷爷徐金牛亦坐于受阅车上。

光荣啊，爷爷。余惊呼一声。然，也许是一时错觉。此时，斯人已矣，黄泉之下夙愿已了，令余既兴奋又怅然。所谓兴奋者，乃三军徒步方队与战略导弹战车驶过天安门，接受三军统帅检阅，仿佛向世人昭示：西方政治家喝着咖啡决定一个民族命运的时代过去了，海盗之族若再敢登陆中国大陆，必将败得比长崎、广岛之灾更惨。所谓怅然者，则令余想起徐家之老爷爷，一位滇军老兵，打过台儿庄、武汉会战、长沙会战的杂牌军班长，再也看不见中国人扬眉吐气这天也。然，倘爷爷之魂有知，徜徉于天堂，看到人间伏妖魔，必笑慰九天。

爷爷何许人也？姓徐，名金牛，乃云南都督唐继尧麾下一壮丁，与余之奶奶徐兰芝氏，堂兄妹之称也。彼父亲之辈，为同胞兄弟，及至金牛、我奶奶徐兰芝氏之辈，家业兴旺。金牛兄弟两人，彼为小，兄为大，兄刚新娶，时唐继尧承蔡锷之衣钵，征广西、伐广东，与桂系悍军鏖战。欲抓壮丁扩其滇军，乡保长手执绳子来绑人。爷爷挥了挥手，道，二丁抽一，天经地义。大哥新娶，当在家继承祖业，扛枪打仗乃我男儿事。彼与大板桥街同乡老兵班长张凯，随唐都督远征，左臂被击伤，仍不下火线。凯旋时，被授予上士班长。归家之后，彼娶新妇。然不久，中日战争爆发，东北陷落、北平陷落，日本军队气势汹汹，朝徐州扑来，剑指南京。于是，桂系虎将李宗仁为战区长官，召西南杂牌军之川军、滇军共赴国难。时，余之爷爷跟随卢汉军长之六十军再度出征，每人背包后边背着双枪，即大烟枪和水烟筒。尤其水烟筒管特别粗，不知者误以为背了六〇迫击炮，吓得沿路之日本间谍胆战心惊。

然，滇军出滇，四万滇军子弟出云南，父老乡亲皆来壮行。卢汉骑在高头大马之上，其锋前抵大板桥，四十里驿道之上络绎不绝。风萧萧兮宝象水寒，余之爷爷就在大板桥街上，与自己新娘一别。爷爷对新妇云，我若战死，找个男人嫁了，切不可守寡。新媳泪涕涟涟，倒入余之奶奶徐兰芝氏怀中，说我会倚门待君，望夫岩上，等君而归，若君不归，妾愿化作石头相望。盖余之爷爷乃硬汉也，一滴眼泪未流，决绝而去。

滇军出云南，入贵州，过湖南，唱着豪情天纵之六十军军歌，渡湘江、长江，直至徐州。部署于陈瓦房、邢家楼、五圣堂、禹王山一带。时，李宗仁交代军长卢汉，只需抗击日军第十师团矶谷廉介中部之第三十三联队、六十三联队前锋三天，中央军主力汤恩伯部便会赶到，合围日军。卢汉受命而去，驻扎于陈瓦房、禹王山上滇军狙击日军，居高临下，打退了一次次冲击。三天、一周、十天，也不见汤恩伯部半点踪影。爷爷属一八四师张冲部，回忆那段经历，彼感叹道，都说川、黔、滇军三杂牌军，是战场上的三只羊，可一个民族危亡之时，羊真的变成狼，群羊扑向孤狼，死伤惨烈。滇军连长以下官兵阵亡一千三百九十二人，死伤过半。最终六十军余部从禹王山断后而撤，爷爷身上穿了几个窟窿眼，还是同乡老司务长张凯背着他匆匆撤退，留在禹王山乃一片片滇军和日本帝国军队第十师团之大量尸骸。日本人收尸之后，滇军官兵尸骸成山，成孤魂野鬼，于风高夜黑之时，嘤嘤哭泣。抗战七十周年前夕，禹王山一位果农透露，很多年前，彼开果园，挖出一百多具滇军英烈白骨，遂埋之荒冢，彼守墓二十载，敬英雄之壮烈也。

爷爷云，禹王山之战，彼九死一生，拾回一命。伤愈之后，又参加了武汉会战、长沙会战、常德会战。武汉会战落败，国民党中央军与杂牌军之滇军、川军向着长江方向后撤，准备打长沙会战。渡过湘江之时，日本人的铁蹄已经从岳阳、汨罗抵达湘江北岸。时，爷爷之滇军已经被打得狼奔豕突，彼随同乡张凯，随营长奔突而去，时一营部队，仅剩爷爷所带之警卫班，寥寥几人矣。而营长通信员背包里，却背着几公斤重的大烟土，此乃士兵之军饷也。是晚，彼等在湘江边上埋伏时，突然发现日军已经抵湘江岸边，三八大盖枪声嗖嗖响起，时滇军营长带着一行十几人抵抗不了，唯有逃跑。至长沙城时，因武汉、长沙会战败局已定，蒋介石行"焦土抗战"之策，一炬令下，长沙古城毁于火海。时爷爷伫立湘江畔，悠然芦苇荡中，唯见烟柱冲天，狼烟四起，滇军已经作鸟兽散，彼等觉得亡命之时已到，于是在完成洞庭湖、岳阳之间狙击后，鼠窜般地逃离沅江，向常德城进发。因了这支队伍里有兵痞掺杂其中，就在卧倒等照明弹之瞬间，背着几公斤大烟土的营长通信员落伍，后被追上来的惯匪杀害，数公斤大烟土落入绿林兵痞之手。从此，营长无大烟可吸，每天毒瘾发作，泪水涟涟，只好给一片去痛片药令其睡也。次日，早晨太阳照常升起。而失去了烟土的营长，烟瘾未发之时，仍然一壮士也，看芦荻悠悠，彼云，身为滇军男儿，我等上不愧天，俯不愧地，带着尔等匆匆撤离于焉，就是为在沅江前沿作最后抵抗。当常德城完成周遭狙击之后，爷爷看到常德城里的八千虎贲弹尽粮绝，五十七师师长余程万率残部逃出常德城，爷爷与其老长官张冲、张凯等向倒在长江、湘江、沅水之间的滇军官兵行了一个军礼，然后长跪不起，洒泪过后，匆匆而去，向故乡云南方向逃窜。

八千里路云和月。爷爷与张凯司务长拿着官防证，一路南下，沿着余之老家通往北京之驿道西行，最终回归故里。然，待余之爷爷抵大板桥时，踉跄而行，于龙泉寺喝了一口家乡水，骤然倒下，被和尚发现后，抬入大殿。爷爷醒来时，说请快到四甲村老徐家叫人吧，抬我回去。我亲爷爷等闻之，偕金牛爷爷兄长一起赶到龙泉寺，将徐金牛爷爷抬了回去。然，抵家时，见门口已无新媳。彼大声呼喊自己阔别六载之爱妻名字，却无人答应。爷爷知新媳已殒，大喊一声，天亡我也，一口血向天而冲，骤然倒下，昏迷三天三夜方醒来。从此，成为鳏夫一个，心灰意冷。后，其兄英年早逝，余下一子，而其母亲又改嫁他人，金牛爷爷遂将其收下抚养，视为己出，叔侄二人相依为命。

日光流年，青山不老。时，蒋家王朝兵败，国民党之第八集团军李弥之残部，第二十六军军长余程万散兵游勇在淮海战役中成漏网之鱼，鼠窜云南，进至余之故里大板桥古驿老街，被卢汉保安团挡在鸡街子山头之下。一支泱泱大国军队居然被一拨乌合之众挡到山下，雄关不可逾越也，便入街烧杀抢劫。一日，第二十六军残部冲入余徐家老宅，入金牛爷爷屋里抢东西，被余之爷爷用梨树柴块打了出来。赶至门外，中央军残部拉开卡宾枪枪栓，欲向余之金牛爷爷扫射。爷爷大襟衣裳一撩，露出满身的枪眼、刀痕，怒骂道：中央军，遭殃军，龟儿子，老子在台儿庄、常德城死过一回了，有种的就往这里打。

壮士！壮士也！时余程万坐着美国吉普从老街而过，目睹此景，戛然停车，一跃而下，大声吼道，娘卖×，不许乱来，此公堪称虎贲，壮士不可辱也。当晚，余程万请余之金牛爷爷喝酒。微醺之时，爷爷摇头道，余长官，当年何其英勇，八千虎贲，在常德城郭，一代枭雄是也。今日之败，鄙人知道败给谁了。余长官不解，问败给谁。余之爷爷说，败给自己。余程万点点头，沉默不语。

云南和平解放，金牛爷爷老了，隐姓埋名，以老牛筋之绰号，为生产队放牛，惨度余生。治保主任皆因其刚烈，不敢招惹。遥记少时，余周日放假，被金牛爷爷叫去放牛，以补家用。彼令余在前边走，中间为数十头牛，末尾为金牛爷爷。彼牧之牛，性格像金牛爷爷一样，沿古驿道东行，群牛如君，大胆撒野，一片疯牛之状抵小甘河之上葡萄园下之牧场。时春风徐徐，夜莺天唱，爷爷脱下大襟衣服，袒胸露怀，一身枪伤刀伤之犹在，彼一边晒太阳，一边捉虱子，看到嗜血身红之虱子，两个大指头盖一合，大声骂道，掐死你，小鬼子。

余远观之，金牛爷爷之卧于石上，阳光之下，天边天蓝，祥云低垂，彼一派仙风道骨，大襟露怀，枪眼刀痕历历，犹如竹林七贤之嵇康，长发飘飘，一片霜染。彼边晒太阳，边掐虱子，边骂日本鬼子，两拇指盖剪刀般一合，仿佛扣动扳机，放出一枪，击毙一个日本鬼子是也。

爷爷老了，耄耋之年将近，已经放不动牛也。秋冬之季，只能坐在老徐家族之门前烤太阳。斯时，余当兵八载，调入北京战略导弹部队大机关。数年后，妻女皆随军入京，几年之间，才回故乡一趟，然，当我们一家匆匆走过故里大板桥镇的两公里长街时，不时会遇见垂垂老矣的徐金牛爷爷。彼坐于长街旁边,眼观八面来风,四乡来客,余上前一步,向他行一个标准的军礼,只见彼会露出开心一笑。时,妻子连忙掏钱,敬献老人,让其安度晚年。

日子如流沙一样,从指缝间流逝。白驹过隙,金牛爷爷老了,已经是九十三岁高龄,越来越麻木、冷漠,眼神呆滞。偶然之间,亦会像一个少年,天真无邪地望云南天空,打望着云之南彩云与祥雨。看到余与妻女匆匆走过,彼时,他眼睛遽然一亮。一股即将熄灭之生命之火,又被点燃了。一个老英雄的形象,永远镌刻在我们的记忆里。

爷爷的抗战,爷爷的世界。死神终于一天天逼近了,彼到了去见壮烈牺牲之战友的时候了。那天晚秋的清晨,一片白霜过后,金牛爷爷坐在门前的铺搭之上,敞开胸前的大襟长袍,晒着从东边升起的暖暖的太阳,战争的刀痕依旧,像一道道蚯蚓盘缠于胸前,彼点燃一支旱烟袋,痛痛快快地吸了几口。然后,仰天一声长啸,仿佛是喊了一声"冲啊",便无疾而终。死得从容,修成了正果。

往事如烟,是时,大阅兵车队一一驶过,余觉得天庭之上,一双双英雄之眼,俯视着神州第一街,那一双双喷着火焰之眼,或许有一双是金牛爷爷的。眼底映衬着白云,此时,爷爷的笑容,与白云一样壮美。

新李将军列传

李将军者，姓李，名旭阁，唐山滦南人氏，系第二炮兵老司令员是也。八十年代授中将军衔。其乃一小八路出身，入伍之时，时逢烽火连天，日寇铁蹄蹂躏冀东大地，兵燹村庄，年仅十四岁之旭阁不可忍也，遂投身冀东平原游击战，出没青纱帐之中，显男儿英雄血性。

遥想当年，余在其麾下任党委秘书，时二十五岁。是日，第一次见李将军时，由一位老秘书带去谒见。初识一代传奇将军，不免战战兢兢，手足不知所措。步入司令办公室，唯见一位将军从木椅上一跃而起，高高个子，约有一米八〇，肤略显浅赭色，剪一个寸发，堪与美国大兵板寸形媲美。余窥之，其天庭饱满，鼻梁高挺，完全符合中国高官之福相也。然，最吸引余者乃司令员之目，睿眸炯炯，不苟言笑，仿佛瞬间能将人看透，透着一种威严，更折射一种智慧。彼时，其五十六，此乃余见过最帅之上将军也。余此印象，在张爱萍夫人李又兰处得到印证。据称，当年张爱萍首次召见麾下参谋李旭阁，也不禁惊呼："李旭阁者，英俊少年也。"

雄姿英发，逐鹿天疆，多传奇也。余犹记李将军离休后，总政治部组织撰写人民解放军高级将领传，划线皆大军区正职以上，余主动请缨，欲为其写李将军传。李旭阁闻之，挥笔给余写一手札，云：徐剑，能成为你笔下的人物，不胜荣幸。余连忙给其回信：折煞我也，余仅将军麾下一小兵耳。

犹记彼时，党委办公室订了十多种报纸，甚至《文学报》《文艺报》亦在其中，文摘不计其数。每至周末，李旭阁司令皆会来党办，从报架上将报纸与杂志一一找来，或独自默默看报、读杂志，或将其抱至办公室，因其阅读速度甚快，仅花两三个小时，就将所有报刊一览无余，尽知天下事也。

忽一日，党办欲给首长买书。让诸位首长开列一个书目，旭阁司令开出之书单，居然是《诸子集成》。余愕然，能读得懂诸子百家著作者，乃军中大学者也。于是乎，余问其秘书坤侠，首长什么文化？答曰：小学四年级。噫！余顿生敬意，还以为彼为大学生也，此学者型司令也。

兼学者与司令之风者，在人民解放军的高级将领中可谓凤毛麟角。然，在李将军身上却是完美结合。秘书告余曰，司令员夫人耿素墨，乃当年北平城里大学生，而李将军只是一个小学生，二人相识于抗美援朝战场，战地雪花，执子之手，与之偕老。小学生迎娶大学生，夫妇相濡以沫，互相影响，相得益彰。夫人曾戏言，我与夫君活到老，学到老，改造到老。一介武夫将女大学生改造成工农干部，而大学生夫人将夫君变成了一位大学者。余艳羡也，此乃一个激情年代知识分子与工农干部天作之合也。

彼时，余在将军麾下，不时参与撰写讲话和报告之类八股文。旭阁司令与众不同，讲话不用秘书班子，自己拉一个纲，到会上侃侃而谈。此话一出，竟是中国战略导弹部队之大谋策、大战略、大棋局。此非姑妄言之，有一事可证。李将军当司令伊始，时逢邓公于军委扩大会议之上，向世界伸出一个指头，中国裁军一百万，将全党工作重点转移到和平时期建设轨道上来。此语一出，李将军旋即领其要旨，在军委和总部未给政策之情况下，毅然拍板，在二炮党委支持下，提出一件功德无量影响久远之策：二炮部队出山，部署调整，旅进县城，基地机关入地级或省会城市，彻底告别当年"大打，打核大战"之战略，终结"山、散、洞"之布局。此棋一下，中国战略导弹部队全局皆活。从此，家属就业，子女上学之事一劳永逸解决于焉，开全军之先河，令许多大军区领导歆羡不已。纷纷询问李将军，此政策谁给？李旭阁仰天一笑，云二炮党委落实邓公新时期战略转变，自己制定的。众将领一听，先是愕然，继而肃然，俄而竞相仿效。

如此大谋略，皆与其经历有关。上世纪五十年代中叶，李旭阁刚从朝鲜战场归来，遂被作为优秀团级干部选入军委作战部，在居仁堂为周恩来总理当参谋。出差追随之人，尽是一代名将。有副总参谋长粟裕大将、国防部副部长陈赓大将、空军司令刘亚楼大将等英雄豪杰，耳濡目染，沐其风骨，颇得真传。其后，苏军第一个导弹营一百余官兵，携两枚P-2导弹入北京长辛店，教练中国导弹官兵，李旭阁乃其中一学员也，由此拉开导弹生涯序幕。时，美国U-2飞机飞掠入侵中国领空，李旭阁随总参首长与空军领导勘察于京畿之地东西北三向布阵地空导弹，打下美国U-2飞机，令世界一片愕然。外国记者问陈毅元帅，中国人用什么秘密武器打下当今之世最先进高空侦察机，陈毅元帅幽默与对："用竹竿捅下来的。"李旭阁闻之，大称妙语，不愧出自元帅外交家之口也。

不过，中国壮举开创者，乃钱学森教授矣。此前，钱学森美国归来，在总政话剧团小剧场讲导弹专业课，听者皆为三总部驻京大单位领导，大将、上将云集，唯一年轻少校奉命旁听，此人正是李旭阁。其第一次听到钱学森提出中国欲建战略"火军"之说，热血为之沸腾。讵料，三十年河西，听课之小参谋竟成了中国战略导弹部队之大司令。钱公得知，欣慰不已。二〇〇二年后，钱学森纪念馆在上海交大开馆之际，李旭阁奉上当年听课之导弹笔记，此遂成钱学森纪念馆之珍贵文物。

然，当余成为军旅作家之后，采访渐深，方知李旭阁之总参谋部岁月，不仅为军委作战部高参，更是一位飞越罗布泊第一颗原子弹爆心之英雄。但，于此事，其一直三缄其口，始终保守秘密，就连总参作战部之人亦不闻老副部长当年英勇之事，更不知其曾担任首次核试验办公室主任。在周恩来总理、张爱萍将军麾下工作，有如此英雄之经历与壮举。

余为作家后,始写《大国长剑》,对李旭阁司令采访时,方知彼此这段鲜为人知之历史。

光荣属于偶然。那年秋天,李旭阁赴酒泉航天城,观新型号地导弹发射,于弱水之滨,与张爱萍上将不期而遇。张将军招手道:"李参谋来得正当其时,我正愁帐下无人。发射过后,随我一行。"恭敬不如从命,于是乎,从那一刻起,李旭阁开始步入中国伟业之列。

那是一个理想与激情、光荣与奇迹同在之年代,至今犹记,仍令人高山仰止。彼时,酒泉航天城导弹发射完毕,李旭阁去向张爱萍副总长报到,询问目的地。张上将诡谲一笑:须烂在肚里,上不告父母,下不告妻儿,此乃中国第一次核试验也。

李旭阁闻之眉飞色舞。斯时,首次核试验已紧锣密鼓展开,彼随张爱萍将军去青海金银滩,唯见九院院长李觉和一批核物理学家在搞中子撞击试验,大获成功,此时,离中国第一朵蘑菇云冉冉升空,已为时不远也。

然,何时进行核试验,中央决策层曾发生一场争论。彼时,李旭阁坐在中央专委会记录席上,出席者有周恩来、贺龙、聂荣臻、彭真和总参谋长罗瑞卿、张爱萍等二十余人,因巴基斯坦总统叶海亚汗访华在即,原定秋天之试验,准备改期。改至何时,周恩来总理提出一九七〇年后再说,时有毛泽东"影子"之称的罗长子语于总理曰:"俟彼时,我等皆退休矣!"

会后,罗瑞卿竟然冒天下之大不韪,交代张爱萍,写一封信给主席，由其转呈，并将早试和晚试之两个时辰，乃至延后时间皆写上，请主席定夺。张爱萍将任务交给李旭阁，其当晚便起草毕报告，连夜呈送罗瑞卿，报至毛泽东处。凌晨过后，喜夜间办公毛泽东批复："原子弹既是吓人的，就早响。"

毛公一语定乾坤。翌日上午，周恩来接到批示后，再度召开专委会，说主席已批，首次核试验定在今年秋天。会上，仍兼任公安部部长罗瑞卿云，据公安部情报通报，苏联欲对中国动"核手术"，炸中国之核设施。美国人亦想半渡而击。于是乎，周恩来中南海调兵遣将，着手拟定罗布泊核爆上空防空，令一支防空部队推至敦煌一线，派兰空飞行师人酒泉一带布防。

是晚，张爱萍有一外事活动，起身向周总理告辞。欲走时，总理遽然招手：爱萍，且留步。说着自己便起身，走了过来，叮咛道："搜搜口袋，今天下午开会之事，有无纸条带出会场。"张爱萍讶然，仍当总理之面，翻遍自己口袋，见无一纸条，总理方让其出门，并感言，我妻子也是中央委员，但首次核试验之事，我从不对其说。中央知者寥寥，也就是政治局常委和彭真同志。保密无小事，要烂在肚里。目睹此景，李旭阁唏嘘感叹，泱泱大国总理，事无巨细，保密观念之强，令彼等汗颜。

散会时，周总理将李旭阁召至跟前，令其编首核试验暗语。于是，斯夜，盖与核工业部部长刘杰秘书李鹰翔等人，编出一套暗语，将原子弹定为老邱，插火供品为梳辫子，上铁塔为坐梳妆台，交给张爱萍,送总理办公室,受到表扬。

首次核试验一天天逼近。九月一天,张爱萍带李旭阁飞赴马兰,上午出门买东西,去了东安市场。红色电话机子响起,传来中南海声音,毛泽东突然召见张爱萍,却找不到人。只好交代罗瑞卿,首次核试验准备情况,要给中央政治局常委上一个绝密报告。此事,罗总长转告李旭阁,令其报告张爱萍副总长。

万事俱备,只欠东风。一九六四年十月十日清晨,罗布泊深处,瀚海无边。张爱萍于帐篷中将首次核试验绝密报告签发后,特命李旭阁为密使,带上绝密报告飞回北京,呈送毛主席最后定夺。彼时,一辆嘎斯六九吉普送李旭阁去机场,驱车四百余里,横穿大漠,在马兰基地换乘等候专机。讵料,途中竟然遇险,行车中有一车轮飞出,吉普车幸未发生侧翻打滚,仅是一场虚惊。待换好轮子后,李旭阁赶到机场时,已至傍晚。空军一位作战部副部长焦急万状,说怎么才来啊,此专机不能飞夜航,唯有请示空军作战室再派一专机在包头机场待命。黄昏时分,李旭阁坐的专机从罗布泊飞到包头上空,即将近地,唯见一只苍鹰与落霞共舞,翱翔于苍穹,见铁鹰而来,以为是对手,遂起格斗之意,遽然朝专机俯冲而下。李旭阁坐于机舱之中,只听一声巨响,雄鹰撞在驾驶舱玻璃上,一阵强烈颤动,飞行舱玻璃裂罅,李旭阁感受飞机失控抖动,以为飞机翅膀折断。幸好飞行员紧紧抓住操纵杆,终于余晖未尽之时,平安落地跑道。时,暮色四起,夜色如潮,李旭阁挟绝密报告,再换乘另一架停泊于停机坪之专机,两架专机接力送毛泽东密使，堪称空前绝后。晚十时许，其飞抵京畿西苑机场，走下舷梯，唯见空军政委吴法宪、核工业部部长刘杰，伫立于下，皆在等这份绝密报告，直送中南海丰泽园。

毛泽东大笔一挥，中国首次核试验进入倒计时。李旭阁带着中央口信飞回罗布泊。然，以后数日，天气一直不好，没有核爆窗口。整天风沙弥漫，朔风卷地，胡天飞雪，惊见一条黄飞龙掠过天空，沙暴如城垣一般，遮天蔽日。张爱萍命李旭阁安排天气会商，经历一个个不眠之夜，国家气象局与总参气象局专家预见十五、十六两日天气转好。唯有马兰基地年轻气象员朱品德大漠独行，报出十月三十日晚上将大风飞扬，至十四日十时，大风减弱，沙暴消失，天气次第转晴，以后数天，将是一个个大晴天。于是，张爱萍遂令李旭阁，以暗语与周总理，初定十六日下午三时为核爆零时，邱小姐上梳妆台。

两天后，天气果然被朱品德言中，十三日晚上大风四起，沙暴横吹，于原子弹地爆塔架上掠过。次日上午十时许，风渐小，于是，张爱萍遂决定零时为十六日十五时许，并命李旭阁报告总理暗语："邱小姐已经梳辫子，上梳妆台。"

时间一分一秒过去。果然十六日清晨，晓风月白，天清气朗。曙色初露，天气骤然转晴，大漠万里无云，秋阳似火，一片静寂。零时将至，张爱萍下达三小时准备命令，部队后撤至核爆中心六十公里外观察所。李旭阁伫立掩体里，站于张爱萍一侧，手握话筒，随时准备报告北京。

十月十六日下午三时许，核爆零时已至，秒表嚓嚓作响，李旭阁的心情亦随之而舞。随着十、九、八、七、六、五、四、三、二、一的倒计时报数，只听一声起爆口令，千古死寂之戈壁，先是一道白光掠过。随后，轰隆一声闷雷惊天，戈壁随之颤抖。遥远天边，一个火球刹那间裂变，地平线上，一朵红云般蘑菇冲天而起，浮浮冉冉，扶摇苍穹，核聚变为巨大光辐射与冲击波，飓风天地。一会儿红色蘑菇云团在空中漫漶翻卷，渐成乳白色，白云悬空，美丽毒蘑菇绽放罗布泊之间。

彼时，李旭阁接通周总理办公室电话，然后将话筒递给张爱萍总指挥，曰，总理在电话中。张爱萍川音款款："报告总理，中国第一颗原子弹爆炸成功！"

"爱萍，是真核爆炸吗？"周恩来在北京问张爱萍上将道。李旭阁在一旁听得清清楚楚，只见张爱萍转身询问伫立于后大核物理学家王淦昌，是真核爆吗？王曾在德国教过书，点头答曰："真核爆也。"

张爱萍斩钉截铁地告诉周恩来：是！

消息传至北京。周恩来总理当晚于人民大会堂，向排演音乐舞蹈史诗《东方红》剧组宣布此喜讯。顿时，整个人民大会堂沸腾了。入夜，北京城郭号外满天飞。今夜，北京无眠；今夜，中国无眠。

是夜，张爱萍、赛福鼎、张蕴玉等领导一起庆贺中国第一颗原子弹横空出世。新疆维吾尔族自治区主席赛福鼎边敲啤酒瓶，边载歌载舞，众人皆和，喝之舞之歌之，居然是一曲维吾尔族民歌《阿瓦日古丽》。其间，张爱萍突然说了一句："旭阁啊，不知道原子弹铁塔炸成啥子样嘛。"

"我明天坐直升机飞爆心上空看看。"李旭阁答道。

"核辐射太甚，去不得，会要命的。"

"豁出一条命吧。"

勇士也，为国不惧死。张爱萍似点头，又仿佛摇头。昨日，核爆前，李旭阁请示，欲摘下墨镜，正面以视，欲窥蘑菇云升腾全程，曰，不过豁出一只眼睛罢了。

"尔眼睛万不可废也，眼欲留之，铸国之重器。"张上将吩咐道，"要防护好自己。"

斯晚，面对翌日爆心上空的超千万倍的核辐射，张爱萍居然为李旭阁壮举放行。

翌日早晨，李旭阁穿上防护服，与摄影师一起，乘坐直升机飞越爆心，盘旋于半空，俯瞰一百多米之铁塔化作铁水，拧成麻花状，似龙舞蛇走，横亘于大漠之上。虽此时核辐射超标数十万倍，可李旭阁却等闲视之，如云天逗风，将一个中国军人之勇敢与无畏，嵌入西部英雄之天空。

英雄归来，斯时，无人视其为英雄。在李旭阁看来，此不过小事一桩而已。

然，在如今一个谈核色变之时代，李旭阁之勇，又有几人堪媲？！

李将军之血性与英勇，还有在战争将袭来之时。首次核试验过后第五个年头，斯时，苏联于中苏边境陈兵百万，大战一触即发。总参谋部临时组建一个陆军师开赴新疆伊犁戍边御敌，行前，李旭阁被任命为师长。一支临时拼凑起来的部队，驰援北疆，携妇孺上天山。李旭阁三个女儿，大者十五，二丫十三，小者十一岁，还有六十五岁之岳母。一个军烈家属，皆跟将军上天山，最小者仅九个月。将军于伊犁霍尔果斯口岸麻扎一带山上，构筑阵地，准备与苏军一战，甚至连其六十五岁岳母，也学会了射击和投手榴弹。

余问将军，为何让六十五岁老人学习射击和投弹。

彼云："不做俘虏啊，关键时刻，拉断弦可与敌同归于尽。"

苟利国家生死以，岂因祸福避趋之。此乃林则徐流放伊犁仰天苦吟，然，真正唱和者、践行者，成其知音者，旭阁也。坚守寒山，便意味着捐躯赴国难。李旭阁率一支刚刚拉凑成军的部队，虽有壮士之勇，欲阻击苏军坦克进攻，且无多少胜算，然勇气可嘉也，气吞天山。

轮台万里远，君欲赴国难，壮士一去，本亦不留归程。其实，李旭阁师长早已做好为国捐躯准备，一如他当年飞越核爆上空一样。

然，时隔多年，凡参加过首次核试验到过爆心者，大多罹患癌症。"两弹一星"功劳邓稼先之妻许鹿希，乃许德珩之女，系北大医院大夫，是为京城一代名媛。邓稼先罹患癌症英年早逝，令其悲恸不已，伤痕难愈，并默默在做一件事情：追踪参加首次核试验专家之身体状况。观察数载，惊诧发现一个残酷事实，凡参加首次核试验众多英杰，多患癌症而亡，唯剩一条漏网之鱼，乃二炮司令员李旭阁中将是也。然，二〇〇一年春天，李将军被查出肺癌，其夫人耿素墨当机立断，同意医生切除一个左肺。许鹿希得知，喟然长叹，最后一条漏网之鱼，也未能幸免。

英雄无语，一生传奇却鲜为人知。二〇〇九年国庆大阅兵将至，余为其撰一文《李旭阁，中国第一朵蘑菇云里的英雄传奇》。九月六日，送其亲审。翌日，他便因心脏病住院，几经病危，踏在生死门槛之前。九月九日，《解放军报》整版推出此文，三〇一医院医生护士一片讶异，皆嗟叹，原来躺在病榻上一代名将，竟是飞越核爆上空之英雄。

是年国庆，李将军做了一套西装，欲要上天安门观礼，看中国战略导弹部队压轴通过神州第一街。然，一场大病，几乎掳走将军之命。盛世大阅兵将近，原准备次日出院，夜间其突然染上院内病菌，高烧不止，莫名病毒几度催魂，令其欲去向其一生追随之周恩来、张爱萍报到。几次报出病危，却又九死一生，仍挺了过来，直至最后一刻，其不想放弃登天安门观礼，看长剑惊世，重器擎国。可医生不许，是为憾事。

余知其心结，更解其缘。谁知忠勇之心、之义，欲报家与国也！犹记当年，其在第二炮兵司令员任上，为让中国战略导弹部队真正拥有覆盖全球之核打击能力，遏制强敌，平衡世界砝码，在三军皆忍耐与捆绑年代，其力排众议，顶住各种压力，启用二炮装备费，支持航天部搞科研，实现大型号导弹增程，锻打一柄洲际核打击利剑。此事，却遭到上级批评指责，在总部机关一次会上批李曰："就二炮李旭阁要发展洲际导弹核武器，用得上吗？几枚是威慑，几百枚，亦是威慑，发展那么多，想打谁？"此公位高语重，威风凛凛，咄咄逼人，语锋直指李将军，令人不寒而栗。李旭阁闻之，闭上痛苦之眸，摇头不语。然，国之干城，不谋天大事者，何以成大局，何以成大事。纵使泰山压顶，不可崩也，位高更不敢忘国忧。然，遂成旭阁司令一块心病。由于彼时国际国内政治大背景，压力如山，战争年代留下耳疾突发，一个喧哗之世界，与将军渐行渐远，渐稀渐静，虽然各种医疗方案用尽。几无逆转或改善，最终滑向失聪。偌大天地，一夜之间突然安静下来，寂然无声，静得瘆人。

然，最可怕却是人心之冷漠，李将军曾以一首诗言及此事，其失聪之后，彼一位位高权重之上将军，亦领略了世态炎凉。偶与熟人相遇，人家或佯装不见，或悄然转身离去。然，他梦寐以求的铸剑之事，终成国之重器。

彼离休次年，大型号导弹矗立戈壁，长剑倚天。其应邀前去观看发射，风卷长剑啸天吼，弱水有幸射天狼。庆功宴上，李将军兴奋不已，从不饮酒的他破例喝了一杯茅台，是夜不寐，在张爱萍将军率其步入中国"两弹一星"工程之出发地，挥毫赋诗一首。

长剑啸天，国器在手，可是压抑于久心结，却令李将军久久难以释怀。七年之后，美国轰炸我驻科索沃大使馆，最高统帅部勇于应对，在人民大会堂召开表彰"两弹一星"作出突出贡献的科技专家大会，特邀其出席。已解甲归去七载之李将军激动不已，开会归来，仰望夜空，秋夜无眠，挥毫成书，上送军委领导席，诉说彼当年何以为发展中国洲际核导弹坚持己见，披肝沥胆，忠诚可鉴日月，并陈述其对中国核战略之思考和建议。视界高阔，襟怀天下，雄睨五洲，令军委领导大为感动，挥毫批示长达一页之多，同意文章内部发表，并转给军委同志阅，赞其一片耿耿赤心，长使天下英雄泪满襟。消息传来，不啻盖棺论定，李旭阁以为，万千心事已了。

于此世界，该说的话，李将军仿佛已经说完；于亲人和战友，该了的夙愿，李前司令似乎已了。孩子成家立业，孙辈们茁壮成长，幸福安康。该做之事，李将军已经做完。于天、于地、于国、于家、于人，俯仰无愧也。与其说彼牵挂情系一生之战略导弹部队，不如说最值得其牵肠挂怀，或一而再，再而三延长生命之长度，抑或因为放不下与之相濡以沫老伴耿素墨也。

然，将军归去终有时。二〇一二年，余在北戴河最后一次采访李将军。斯时，耿素墨阿姨令余问李旭阁将军当年为何独独爱上一位知识分子出身之女记者，一个社会关系复杂之老姑娘。

余欣然从命，于白板上写下最后一个问题：当年因何爱上耿阿姨？旭阁司令看后，呵呵一笑，突然说了四个字：鬼迷心窍。

耿素墨阿姨一听，有点悻悻然，岂可用此一贬词也。细心之李将军仿佛看到夫人脸上风云突变，笑着说，鬼迷心窍，即因为爱慕，所以怦然心动。

夫人听完，笑逐颜开。

临别时，余请老首长写一首诗，以言志，以示晚晴之乐，让余留作纪念。他欣然挥笔，于小白板写下潇洒之李体："来时欢喜去时悲，空在人间走一回。不如不来亦不去，亦无欢喜亦无悲。"

余看罢，大骇，遂成万千感慨。此诗取自北京西山慈善寺之作，李将军将其抄于此，心已入佛、入禅、入定，沉雄气韵，早已超法度外。斯时，离他患肺癌已逾十载，可此时其肝脏上又有五个原发癌点，最大已达六公分。然，家人一直对其隐瞒真相，但余以为，以彼之聪颖敏感，也许早已预感到来日无多，乘鹤西行日子不远也。

将军将行，或有感应，二〇一二年十月五日清晨，余仍沉醉梦中，梦随李将军，西行马兰，纵马翻越天山，再赴伊犁，看冰山杏花怒放，开至荼蘼。忽床头柜上电话惊响，乃耿素墨阿姨打来，声音惶遽，云："徐剑，快来三〇一医院，老首长已处弥留之际，回光返照，时间无多。"余闻之，一跃而起，匆匆洗漱，驱车驶往解放军总医院，入房间时，余之老首长身上插管已经全部拔去，只见李茜大姐俯首对其父云："爸爸，因为失聪，您肝脏上已经有五个癌症原发点，我等不敢告诉您，但凭感觉，您是知道的，只是不想说破，让妈妈伤心。作为您的女儿，请您放心走吧，姐妹们会好好照顾妈妈的，生为您女儿，我们深感荣幸，今生有缘，来世，我们还做您的女儿。"

斯时，余看老首长控制血压之数字在急遽下跌，一位位总部和二炮首长匆匆赶来告别，先是二炮张海阳上将，俯首于老司令耳前，大声道，彼为二炮部队作出之巨大贡献，大山作证，青史铭记。斯时，余见血压之数从一百二十往九十、八十、七十、六十、五十、四十、三十……下滑时，余匆匆退了门去，正巧总政李继耐主任赶来，送上老首长最后一程。

余伫立于走廊一侧，在手机备忘录上写下一段话："旭阁老首长弥留，余在三〇一医院，亲睹生命如游丝，金戈铁马就要如此谢幕人生吗？"余将此短信发一位粉丝，她立即答曰："不曾谋面，心怀敬重，代我送好。"余又云："哽咽泪下，心情如君，一下黯然了。"对方答曰："不过，给老爷子留下所有作品中，唯《原子弹日记》最有价值。"余复曰："军中大员皆来看望，余回家也。帮不上什么忙，不诉离殇，只唱挽歌。"国殇壮士，一个英雄时代远去了。龙年凶年，仅仅两小时内，余送走了一位至亲至爱老人，李将军旭阁司令，年八十五岁，生肖属虎也。

虎将上天阙，风波亭台，仍笑傲山河。回家车上，余撰挽联送老首长旭阁将军远行："惊雷罗布泊，英雄举神火，蘑菇云团涅槃中国魂，九天之上旭阁随张公，报到恩来；长剑举大国，司令幸掌舵，谋略层高部署棋盘活，大漠之中爱萍当伯乐，长缨缚龙。"将此对联发给机关与部队所有战友，令尔等知道一代将星殒矣。

一位二炮门诊部副主任金一宏，乃红军之后，盖多年于李将军生前当保健大夫，闻李将军远行，西去瑶池，祭祀时，专门写来一信，称李司令带着未竟的遗憾，怀着一颗孤独高傲的心，溘然离去，终成绝响。

数日后,一个秋风瑟瑟的上午,李旭阁将军骨灰安放八宝山。余等麾下工作人员和家人站成几排,由二炮政治部李春江副主任主持仪式,李家三位千金之二姐李维玲代表家人致祭文,情真意切,余等听之,不禁泪涕横流,奔涌而出,其诔文如下:

爸,这些年,因为您的失聪,我们少了交谈。您总是看着白板上写的话,说出一句话、几个字,甚至只有一个动作、一个眼神。我们没有勇气和您谈病情,却不知您早已明白,早已将生死悟透,所以才有最后时光的坚定和从容。

那一夜,捧着你渐次冰凉的手,总是希望您能感受到一丝温暖,感受到我们就在您的身边……

感谢您,给了妈妈爱情,让弱小、多愁善感的她在战场上与您牵手,勇敢地无怨无悔地走过六十年。

感谢您,给了我们生命,让我们在这个家里幸运地无忧无虑地成长,甚至成家立业后,您还在为我们操心。我们有愧啊!

感谢您,给了我们荣光,当看到那些向您告别的人对您的敬重,听到那些为您送行的人对您的赞颂,我们深切地感到,你不仅是我们的,您是军队的、国家的!您重于泰山,您是英雄!

今后的岁月里,我们要像您希望的那样,正直为人,好好生活,不辱您的名声,担得起这份光荣的责任。

爸，在心里就在身边，您和我们永不分开。

冯唐易老，李广难封。将军白发，终未成侯。李旭阁难封大区正职，当年并未授予上将军衔。可其对此事，早已经心淡如水，心静若止水。桃李不言，下自成蹊，为中华民族捐躯赴国难者、担当重任者，汉时曾有飞将军，今日又见李司令，皆入中华伟人祠，当之无愧也。

云山苍苍，江水泱泱，将军之风，山高水长。斯为偈语。敬献李将军墓前，并纪念中国第一颗原子弹爆炸成功五十周年。

二〇一四年五月二十二日
完稿于南礼士路寓所

清明时节更思君

清明三天长假，余与家人蛰伏于室，静静享受京城之风花春月。此乃北京最美之季，东风拂来，春光和煦，雨润大地，梨花、李花、桃花、樱花、丁香竞相绽放。斯时，余一家人却无扫祭之忧，因没有一个真正之亲人埋葬于此，京华便不是故乡。

然，"中庭月色正清明，无数杨花过无影"，清明之际，又遇寒食节，是夜，冷雨过后，风轻云淡，天庭飘过一轮红月亮。余伫于窗前，极目远天，夜空深邃，冥冥之中，仿佛看到老排长王爱东瘦削高挑身影，从天上宫阙翩然而至。

相识于四十年前，彼时，余乃一花季少年，高中刚毕业，前路茫茫。所幸，祥云浮冉彩云之南，几位军人出现于余之故乡大板桥接兵，从此改变余之命运。接兵排长名王爱东，高挑、帅气，与余后来看到《楚留香》之主角香港演员如出一人。余因有几分才气，被派出所要去搞专案，做一小小书记员。王排长春风扑面，迎面走来，雄姿英发，风度翩翩，顿时吸引余之目光。两人对视瞬间，便是缘。彼问余一句:"想当兵吗?"余答:"当然!"彼云:"好!随我去连队当文书去吧。"彼时亮出之牌子——特种部队,堪称百里挑一,查遍祖宗三代,政治上要求特别严。几百名莘莘学子,瞬间,筛去一大半。

时,大队书记因与余大舅打过一架,公报私仇,不让我走,还抓住余父三年自然灾害为了母亲孩子不致饿死之事,大做文章。可王爱东力排众议,甚至不惜与新兵连副指导员、教导员一战,为的就是带我走。在一个没有任何背景之年代,余因遇上人生第一个贵人,终于圆了五六岁时将来做个上等兵之梦。于是,余以十六岁之龄,穿着一身国防绿,爬上一辆大卡车,在母亲涕泪涟涟中,向昆明八公里运兵东站集中。然,在军供站吃过最后一顿晚餐后,临登车前,突然点名,第一个点到的即是余,后有十名与我同一个公社(乡镇)之新兵,被从王爱东排长所带之新兵二营分出,调往新兵三营。许多年后余方知,此乃与王爱东吵架之两位营连领导趁其不在,将余调离,为的是不遂王欲带余当连队小文书之梦。彼时,余泣下,此乃入军旅之后,第一次也是最后一次流泪。

余与老排长王爱东保持长达三十六年战友之谊。遥想当年,余入伍次年,王排长新婚燕尔,到部队度蜜月,下榻之地,竟然是为导弹筑巢之树皮茅草篱笆搭建之屋,嫂子乃其故乡唐山丰南县一中学老师,温婉大方,笑容可掬,为余包了一顿饺子,香味可口,至今难忘。然,是年仲夏,一场唐山大地震,王排长爱妻及腹中之子罹难,地震不仅摧毁了唐山城,亦彻底摧毁了老排长心中爱情之城。后老排长娶现在嫂子，伊乃女大学生，县委领导，自结婚之日起便争吵不休，皆因彼性喜交友，慷慨大方，狐朋狗友甚多，令嫂子疲于应付，苦不堪言。认识老排长十载之后，余已在基地政治部当副连干事，彼乃在排长位置上原地不动。余二十五岁调京之时，其高兴不已，不仅为余专门打制一只楠木箱，装点行李，且逢人便称其慧眼识才，为二炮选一人才也。此古道热肠，上古之风，经年不改，始终如一。彼从部队转业至唐海县，一步一步擢升，当了县法院副院长。有一年秋天，突然电话告余，嘱余中午备一桌酒席。余与夫人相询方知，原来其一朋友之子考上北京电影学院，彼亲送入京，亲陪而来。余宴请之后，彼又令余相陪送至宿舍，安妥完毕，方放心离去。

二〇〇八年之夏，老排长突然咳嗽不止，至海县人民医院拍片，被当作肺结核治了三个月，仍不见好转。转到北京一看，已是肺癌晚期。家人和战友们都让其去唐海县医院评个理，彼挥了挥手说，算啦，我若去一闹，放射科主任饭碗便丢了。再者，小县城医院就那点水平，不能怪他们！俨然一派军人豪情。彼在北京做右肺切除手术时，余第一次像等一个亲人归来一样，坐在手术室门口，整整等了四个小时。环顾左右，站于门前的，皆唐海县法院之法官、法警，除留值班的，全部到齐。余唏嘘感叹，对盘坐于病房床上神情凄惶之嫂子道，王大哥此生足矣。

命运无常，好人未必好报。手术后第三个元宵节前夕，余驱车唐海与彼见最后一面，作生死之别。彼神情枯槁，盘曲于床上，令余泪水俱下。彼叫余名字,恋恋不舍。当余车刚离去,途中便闻老排长溘然长逝。然,那双眼睛却仿佛一直在凝视着余,一如京城天空中红月亮,一双凝视希冀之眸。

红月亮黯然下去,月圆月残,北京城郭依旧冷雨凄凄,清明时节更思君,老排长,您在天国那边,还好吗?

辑十 剑雨斋留笔

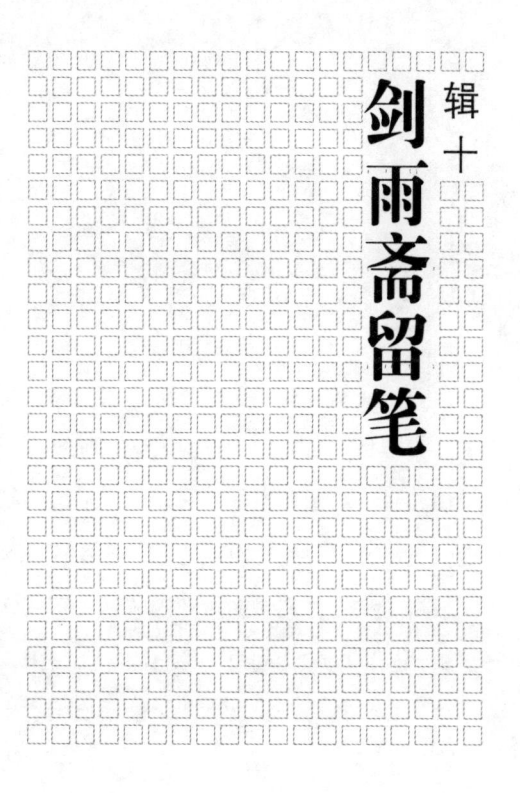

一望成雪无高原

青海长云暗雪山。青海之阔，唯有云去得了；青海之巍，亦唯有神山知道。对于作家的书写，地理上的阔与巍，沉与雄，这是自身的地位优势，可以挥舞如椽之笔，尽情书写，留下史诗般的华章。

可青海女作家辛茜对此却流眄出不屑之色，彼伫立于祁连山、阿尼玛卿、巴颜喀拉垭口，美目盼兮，透出一缕温婉与敬畏，然后轻叹了一声：一望成雪。雪花、雪粒，多轻多小多远多柔，却又多重多大多坚多近多美，一望成雪无高原，辛茜一下子便掳走了青海之魂。

我读《一望成雪》，不由得轻轻一声赞叹辛茜之睿智。文章最难轻与重，彼知青海大地之重与轻，故茜指纤纤，颇会把握文章轻与重的力度。辛茜自小生于斯，长于斯，青海自然是她写作的原乡，也是精神高原。如果按俗常的眼光，她或许会就重示重，借阔显阔，倚雄写雄。站在雪山之巅，俯瞰苍茫，望断白骨感叹狼烟，尽揽黄河而下小天下，酥手拏云试比天公，卧听风铎写尽无常。然，辛茜似乎志不在此，羌笛怨杨柳，焉支山失色，吐谷浑旧宫，准噶尔古城，甚至白骨累累的大吉切草原，她皆视而不见，听而不闻。她就是一个小女人，战争杀戮，江山家国，梵呗辽远，千山暮雪，那是男人的事情，她只关注一个鸟岛上的一只灰头雁，祁连山上的一朵野花、一棵青松，青海湖里的一只天鹅，昆仑山上的一根小草，可可西里的一只藏羚羊，故乡黄南的一个小人物，也许是爷爷或美丽的姨奶奶，也许是纵身一跳的西部诗王昌耀。题材何其轻，又何其重，重则是生命之忧，轻则是草芥般的人物命运。故文学的纬度便出来了，此乃轻重之间，就在一个度，小草野花候鸟羚羊能活好，青海大地的水塔冰川就会好，人与天地的和谐就不致被破坏，人活着的环境就会好，这是一个生态链，天地人一体的生态链条。悲悯之情，慈航之爱，皆融进了轻的文章里，最后便是一种生命之重。

《一望成雪》的文学真谛妙在一个小。小则大，大则小，大题材如何举重如轻，以小示大，却是考验一个作家的功力，并非重大才是文学之重，如何以小展现宏大才能体现一个作家的本事。辛茜的《一望成雪》令我惊叹的是彼视角之小，题材之小，人物之小，以一个草芥去展现大题材、大时代、大命运。故辛茜素手丹青，以小切口展现大青海之阔之遥之博，寥寥几笔便是一个大王国，佛的王国，神的天地，羌人的故里，匈奴人的焉支山，还有吐谷浑的王宫。但表现这些元素时，辛茜的笔触不在乎历史，不屑于写时代，更不愿挖历史的根脉，炒历史的冷饭，而是将自己写作的笔触对准废墟遗址之上的一只蚂蚁，一株小草，一棵树，甚至一粒尘埃，她深深觉得唯有在这些历史遗迹之上的《春暖》《野花》《春雪》《雄关》《城堡》以及《玫瑰石》才会在其古方块字构筑的世界里，一一复活，被赋予神性、诗意。于是，花被赋予灵性，根有了神性，草更赋予春意，宫殿的盛宴便在云中一一浮现，给人一种此去经年，天上宫阙皆于美目之中浮冉而现。于是乎，大历史的背影便在辛茜美文的字里行间，隐喻般地重光了。这位笔名叫知弱的女作家，彼以一株蓍草介入自己的青海题材，令那些宏大叙事者望尘莫及，亦令那些写青海表扬稿的作家相形见绌。

如果说青海大地是冰封的坚硬，那么《一望成雪》则是一种感天动地的柔情。辛茜长于一个黄南的世家大族，其爷爷从青海西宁昆仑中学毕业之后，考入黄埔军校，骑在高头大马之上荣归故里时，其外婆家四姐妹坐于窗户上看青海的青年才俊，笑声之中抛下媚眼抛下绣球，于是爷爷与漂亮的奶奶就在那四目相对的一瞬间留下了眼缘，成就一段姻缘。然而，江山美人，战将娇娘，一个大时代的暴风骤雨来临时，也经不起风吹雨打，零落之时皆成花冢。读辛茜的《清明》时，令我扼腕长叹，一个马步芳麾下的青年将领，一个青海大世家的玛吉阿米，步入新中国之时，便命运多舛，丈夫被镇压，一个女人带着四个嗷嗷待哺的男孩子，守寡一生，抚育他们长大。而辛茜之父——一位读过大学的地质工作者，娶了青梅竹马的发小，却因为一个疾风暴雨的"文革"年代，因了自己的家庭出身，最终劳燕分飞，并各组家庭。父母谁也不要她，八岁的辛茜成了没有父爱母爱的弱女，唯有跟奶奶度日，还受尽小婶的虐待。可是她却心灵阳光，春风大雅，记住的是在长长的走廊上吃百家饭的温馨和美好，忘却的是被父母抛弃的冷漠，心中升腾的是一种感激和感恩。本在一个院子生活的奶奶姥姥却为此最终皆成仇人，老死不相往来，可是最终她们都埋在一个陵园，生前之爱之恨之怨之尤，皆在一个坟地化作青烟。辛茜跪在奶奶与姥姥墓前烧纸时的一幕，令人潸然而泪下。温馨的柔情力量便在于打动人、震撼人皆在不经意之间，这便是散文的魅力，因为真实，所以感动，因为真情，所以感动。文学若失去了真实、真情、真爱，便没有存在的价值。这或许是辛茜的散文最让人挥之不去之妙。

　　记得当年孔夫子曾云，言之无文，行而不远。窃以为辛茜之文能够走得远，在于其是美的，一如彼的容貌，美而大方，大方从容的漂亮。文学当如是，唯有以美的语言、美的文辞、美的传述，才能在读者之中生根、感动。辛茜大器晚成，其文学起步皆是在不惑之年之后，可是，彼起点之高，令人刮目相看。而这一切源于她是西部诗王昌耀的关门弟子。昌耀出自湖南常德大家族，唯楚有才，可是却命运不公，十三岁入伍，参军之时便是与母亲的永别。可他心中还有一个母亲，那便是祖国。然母亲对于自己的儿子也有打错了的时候，昌耀从朝鲜战场归来，已经残废了，可是却去支援青海，因一首诗而冒犯了政治，年纪轻轻地被打成右派，被关押了二十多年之久。彼出狱之时，因为卑微，一生寻找爱情，却最终与爱情失之交臂。然在青海人民出版社当编辑的辛茜，却给了他女儿对慈父般的爱。辛茜将无法对爸爸妈妈表达的爱，全献给了昌耀，于是，平反出狱的昌耀，在妻子、情人、女诗人的爱皆痛失之后,却在辛茜这里得到了女儿般的爱。读《金黄色块——昌耀》时,我禁不住一阵阵的感动和呜咽,天绝昌耀,可又是天佑辛茜,她在青海人民出版社给予昌耀的敬意与照顾,皆在编辑部里有一搭没一搭地与昌耀聊天之中,将西部诗王心中的文学神山看到了,故看到年迈的老昌耀用自行车驮着辛茜爬坡去吃牛肉烩面的那一幕时,我的泪水也不禁涌出眼帘。记得有一位散文主编十几年前说过,辛茜的散文是美声唱法,阳春白雪,和者盖寡,然,在一个物欲的时代,在一个碎片化的社会,辛茜的青海书写,一直拥有了美声唱法的高亢与辽远,这才是真正的青藏高原的慷慨赠予。

辛茜何其不幸,在一个离异的家庭里长大,却心存阳光;辛茜何其有幸,青海长云抚爱着,有幸成为昌耀的关门弟子。严师出高徒,《一望成雪》便是高原寻高峰的攀爬,我有理由相信,只要当过军嫂的辛茜不为自己吹熄灯号的话,她那且轻且重、且小且大、且弱且雄的散文,会像黄河奔流一样泉涌,谁也挡不住。

余者芬芳连艳阳

我是不敢轻易答应为人作序的。然，这次还是要破一次例，为一位湘水潇潇的女作家，为一曲行板歌吟的《板仓绝唱》，更为了报告文学界的未来。

二十年的专业作家，我一直排斥作序，并非自视清高，而是心有惶惶然，觉得自己辈分不够。在我的眼里，能为人作序者，应像鲁郭茅巴老曹之类的大家，彼因了人格文品，遂成为文坛之泰山北斗，故有很强的磁场，其振臂一呼，响应者众，读者亦众。只有这样的大师出手推荐作品，方能被人认可。因了这一理念，二十多年间，我仅作过三次序。一次是为老司令员李旭阁中将，一位中国首次核试验次日飞越爆心的天地英雄，他行吟的旧体诗《戈壁惊雷》出版时，非要我作序，真可谓折煞我也。然，老首长之命难违，只好硬着头皮作了。出版之时，颇有点战战兢兢之感，但老首长却格外喜欢。第二次作序是为自己，我的散文集《玛吉阿米》出版前，责任编辑金小凤和美编刘清霞联袂令我作一自序，表明自己的散文观。于是，我又再次将自己捧上吊环，悬空做了一个十字吊，似有点脖子被勒住的感觉。不过，庆幸的是此文一出，还获得不少读者和评家喝彩。第三次则是为我的学生周宝宏而作，他是一个一心想圆军官梦，却始终未能如愿的"失败者"，因受韩寒、郭敬明之流"余毒"甚巨，严重偏科，高中时便写起长篇小说，渴望一鸣惊人，书稿几度被母亲付之一炬，仍屡教不改。结果名落孙山，却始终钟情文学。我不能不推介。而这一次却是为湖南实力派女作家余艳之邀，第一次为女性破例，自然有被抬爱之嫌。

知道余艳的名字，是一篇写毛公与杨开慧爱情故事的报告文学《板仓绝唱》，我未见作者，先读其文，觉得作者才华了得，文字空灵、气韵冉浮，叙事一咏三叹，缠绵悱恻，文笔天马行空，恣意纵横。犹如潇湘夜雨一样，湿则湿矣，清则清焉，疾则疾也，洁白的爱情恰似雨滴一样晶莹透亮，可穿透石板。而其文中展现的文学的神性、人性和诗意，令我大吃一惊。何等小女子，敢于这样写毛杨之爱、毛贺之姻，又写得如此令人回肠荡气，酸楚悲怆。掩卷之余，仍觉得余味绕梁，三日不散。

彼时，我正在云南老家过年，远眺当年从军之地湘西。几度潇湘冷月，春雨潇潇，恰好一双家燕飞掠屋檐，鸣啼之声响起，惊绝堂前。仰首之间，我突然想起那个千年不朽的诗句："旧时王谢堂前燕，飞入寻常百姓家。"余艳燕啼，叽叽浅吟，不鸣则已，一鸣惊人，皆成绝响。一点板仓屋里的油灯，被余艳点燃成朝霞满天，一段百年爱情被重新诠释，在古汉字的铿锵旋律之中，一位叫霞姑的水一样的湘妹子昂然走出长沙监狱，雨潇潇兮湘水寒地走向刑场，面对敌人之屠刀，那样凛然，那样巍然，那样决绝，只为一个伟人殉情，只为一段红色绝恋殉葬。毛公有幸，幸遇这烈火般燃烧的湘女；中国有幸，幸育这样柔情如水的湘女。在对余艳文本的阅读中，霞姑形象，骤然从神坛走了下来，不再是泥塑的，不再是神化的，而愈发丰满了起来，文学了起来，人性了起来，亦烟火了起来。上善若水，湘女乃水。彼可谓集东方淑女娴雅温婉烈火豪迈于一身，宁携子蛰伏于板仓木屋，心却随毛公神游罗霄；宁一点油灯下独守寒夜，心却有一片烈焰照亮黑暗；宁将一株骄杨昂然中国，亦决不折柳失节，宛如湘水一般流淌绵长之爱，伴随了毛公一生。这就是板仓的霞姑，这就是韶山红杜鹃，杜宇啼血，只为中国一部百年爱情啼红添喜。杨开慧入狱，毛泽东则在井冈山上新娶，有了毛贺之爱。余艳从一个小女人的视角，避谈江山家国、英雄美人，而仅谈芸芸众生，列列淑女对于大英雄的人见人爱。于是乎，毛杨之爱，毛贺之爱，便找到了人间烟火、人性之美的注脚。余艳正是以这样的滚烫文字、这样平视的叙述姿态，这样感人至深生动的细节，震撼、感动，甚至摧毁了我远避高大上宏大叙事的感情堤坝。

先读其文，再见其人，已是二〇一四年北京之秋了，我到鲁迅文学院给"鲁迅文学院第二十四届中青年作家高级研讨班"报告文学班讲座。初，不知余艳也坐台下。那天与蒋巍先生联袂而谈，面对其奔放的湍流与天马行空的文学想象,我唯有守住报告文学真实的边界与底线,提醒学员不能以大写大、以强示强、扬阔显阔。而应该从一个小切口、以小人物的故事,窥见大时代,以多舛命运的叙事,切入家国天下,以小搏大、以弱示强、以文显志。同时,对于如何从文本角度,展现文学意象和文化图腾,来叙述小人物之美,大时代之痛,彰显中国气派与中国精神,我讲了自己多年的追求与实践。没有想到,短短的一节课,余艳似乎听进去了,抑或给了她捅破窗户纸的开悟。讲座结束时,她走过来与我打招呼,介绍道,我是余艳。那一刻,终于对上号了。

然,很快就是十一国庆长假了。研讨班学员像鸟儿一样飞向各地的家乡。返鲁院后,其组长王立民请我与其同学相聚。那晚在八里庄附近,我与本届研讨班王立民组的同学频频举杯,酒酣之际,余艳与高艳国姗姗来迟。临近盛宴散时,终于见上面了,我赠每人一部散文集《玛吉阿米》。余艳谈了对我文本结构的感悟,匆匆别过之后,又将近一年没有多少交集。

去年秋天,在济南报告文学年会上,余艳作了关于《板仓绝唱》的写作讲座,彼侃侃而谈,讲了一个多小时,谈了她写毛杨爱情的难度、角度、高度,可谓语惊四座,令学员眼界大开。也许从这时开始,我开始对余艳刮目相看。我知道这节课她曾经在鲁迅文学院讲过,显然是有备而来。对于那些矢志于报告文学的业余作者而言,自然是在指点迷津。大会落幕之时,她加了我的微信。回湖南不久,便寄来了她的长篇小说三部曲《后院夫人》,我翻了几页,便被精彩的故事和文笔吸引了,她构思故事的能力很强,叙事姿势摇曳多姿,尤其擅长心理描写,行文轻重疏密有度,描写和隐喻也很到位,充满了空灵之感。我旋即回复微信,余艳,你其实是一把写小说的好手,可惜被王跃文、阎真等文学湘军大将的身影遮蔽了,才误入歧途,加盟报告文学队伍。写《板仓绝唱》,尽管出手不凡,但屈就了一副好笔头。假以时日,多读几十部、上百部世界顶级的文学名著,拆散了一部一部去看,吸取其长处,离出头之日便已经不远了。我敢断言,是有底气和能力写出像《金瓶梅》《官场现形记》一样揭底能臣贪吏大起大落人生、命运与情感的大作的。

此言一出,令余艳怦然心动,面色潮红。她一而再再而三地问我,是吗?你说的是不是真话,不是在诓我吧?我说,当然是真的了。彼在微信另一头,红色蹦跳小企鹅加了一个又一个。

时隔不久,她寄来报告文学新作《一路芬芳》,这是一部作家出版社出版的中篇报告文学合集,真诚而不失委婉地要我写序,并坦言,书中第二篇《与胡杨共鸣》就是在我讲课的影响下写出来的,时间大约是去年二三月,也是她二〇一五年第一个作品。彼时,她刚从鲁院学习回来,认真梳理几位一线报告文学作家讲课中所思所悟所获,何建明的气势、李鸣生的排比、王宏甲的政论,皆一一吸纳。然,她觉得更多用了徐某人书中着重讲的意象和图腾。我读得出来,胡杨文章是由巴里坤湖、吐曼河、不朽胡杨构架的三大块构建,有形象、有寓意、隐喻。而文中间的马车、太阳花,向日葵、上班路,明月、眼睛、大漠、胡杨就是在我的讲课"提示"下挖掘出来的,她自谦地说,多少得了一点真传。由此认为我是写序的最佳人选。读到此,我若拒绝,便有点不识相了。因此,就在那一瞬间,我答应破例,为其写一篇序。

今年北京春天来得早。三月中旬一过,一连数日天朗气清,苍穹蔚蓝如洗,一丝云彩也没有。在永定河郊外,我伏案阅读了《一路芬芳》。先翻到《爱在血缘之上》,其实是有关余艳身世的一段感人故事,读来十分亲切,彼用情甚深;嗷嗷待哺之时,哺乳过她的益阳奶妈,从此失联人间,再未相见。余艳长成之时,成名之后,一直在寻找奶妈,终不可得也。其笔触所至,令人潸然泪下,文学的魅力便在于此,余艳用自己的故事,用优美动情的笔触感动了我。而《泸溪红橙会唱歌》则是她深入生活、扎根人民的真实体验之作,虽然是颂歌,但绝不是纯粹的讴歌,且有虽颂犹刺之意,有着深邃的哲思,其思想的纬度远远超越了同类"热点题材"。《瑶歌伴着红花开》尝试几条线同时走,像一座立交桥一样,几个主人公的命运相互交错。报告文学短章,达到了短篇最大文学和思想的容量;然我更欣赏《断翅天使飞》几种艺术手法同时用,像四臂观音一样,或小说,或散文,或戏曲,或诗歌,或随笔,或田野调查笔记,或报告文学等,皆汇聚一炉,一一出手,令人目不暇接,眼花缭乱,精致又有点驳杂之感,多文体的跨越实则挑战自我的驭文之道,读完之后,不能不惊叹余艳过人的才华。

不过，余最推崇的仍旧是《追梦密码》，这是余艳长篇报告文学的一章节选，写的是一位中科院院士少年时代经历抗日战争苦难经历与峥嵘岁月，从现实植入历史，昨天的惨烈死亡与今日痛定思痛奋起，过去与未来交织叙事，写出了一位院士的传奇人生。压轴之作自然还是她最擅长的红色经典叙事——《南雄南板仓北》用了些魔幻手法写毛杨的两地亲、夫妻情，时空变幻出报告文学文体的一种新的尝试；《韶乐下的狂欢》则是用毛泽东之灵魂思想巧妙提升企业，也把普通商人的境界提到为人民服务上，构思之妙，有点出人意料；《太阳的精灵》是重新开掘一个写杨开慧的新视角，写她牢里的故事，多有催人泪下之笔触，将一个湘女作家对于另一位湘女母亲的敬重敬爱提升到了一个新境界。

读罢余艳的《一路芬芳》，令我有一种欣慰之感。许多年来，我一直忧虑中国报告文学作家队伍的生态，觉得不少报告文学作家的写作，甚至包括一些一线主力作家，文学修养欠缺与哲学历史的短板，是有目共睹的。不少人写作始终存在一个误区，以为抓到一个好题材，一部报告文学就成功了。不讲究文本结构，不注重叙事姿势，不精心挖掘情节与细节，更乏文化历史的落点，鲜有深邃的思想穿透。这也成了被小说家、诗人和评论家矮化的谈资。对此，我曾不无忧虑地疾呼，报告文学队伍需要注入新鲜血液，要有大批小说家、散文家、诗人加盟其中，以期改变报告文学作家的基因。这一点恰恰与中国报告文学学会会长何建明不谋而合，经过他大声呼吁和多年奔走，鲁迅文学院报告文学班终于成行。在鲁迅文学院第二十四届报告文学高研班上，一批年轻的小说家、诗人和散文家英姿勃发，纷至沓来，让人有八九点钟的太阳之感。余艳便是其中一员，并很快在这支年轻队伍中脱颖而出。彼既冰雪聪明，悟性极好，又有丰沛的生活阅历，一经上路，便高蹈而舞，独领风骚。可以预见将来，像余艳这样一批年轻的作家将步入报告文学轻骑兵、铁甲方阵，随着一群年轻报告文学作家的崛起，对于何建明主席提出十年之内打造百、千人的报告文学队伍，是强有力的战略支撑，盖乃幸事也。

鉴于此，我于微醺之中，写下此文，并将《一路芬芳》推荐给大家。

二〇一六年三月二十七日二十三时二十六分
于复兴门剑雨斋

我以素颜行天边

数年前,余行艽野之远,夜寒氧稀,大地皆寂,人耿耿难眠。见书架上有一部明人编《小窗幽记》,拾之夜读,竟不能释手。虽是旧时文人轩窗独倚,拂风兴至,吟花弄月,感命运多舛,遁入空空之短语、格言,竟有感时花溅泪,恨别鸟惊心之意境,令余挥之不忘。

余之鲁院老同学孙丽萌君,蛰伏蒙古高原一隅,口吐莲花,酥手华章,佳作不断。然,自七年前文集出版后,于京畿轰轰烈烈办了一场研讨会,便悄然无声,不见文脉赓续。再聚首,便总是吃饭、喝酒,未见其流露出宏伟计划与抱负。余思忖,或因正逢暮春,落花流水,春去也。人过知天命之年,世间悲欢离合,一切皆已参透,何必要在文坛上拥旄西征,横刀立马,当个山寨女主?后,余乃知,彼已渐染雅癖,喜欢上收藏,并与一些青年油画家混在一起,泼墨丹青,重彩山河。

丁酉鸡年元宵过后。忽一日,孙丽萌邀余等去吃水饺,相见时抛出一语,令余为其文配画之著《我行我素》写一短序。随后,便从微信上发来出版社样稿，百余幅之多，狂炸乱轰一番。余初不以为然，匆匆翻过，因其短语集，多似当下哲人、秀娘类之箴言、警句录，一盅心灵鸡汤罢了。便搁于案头。晚间，孙丽萌打来电话，询问阅读感受，余支支吾吾，不置臧否。彼秀发冲冠，语调急切："哼！不上心，没有好好读！这可是我三年QQ空间日志啊，或一事而感，或一物而伤，或一景而悟，或一秋而悲，或一人而哭，或一瞬而怅。决非与那些矫情之作同日而语。"话已至此，余不得不认真拜读。

是日，北京天呈哈达蓝。时，余从玉渊潭暴走，夜归，浴毕。泡一壶六安瓜片，焚一炉檀香，伏案重拾《我行我素》。到底是坊间高人、闺中娇娘，文字老到、冲淡、空灵，观自在，见佛花开，悟道行空，思他人之未思，感苍生之未感，见哲人之未见，独语心灵，唯孙丽萌是也，得明人《小窗幽记》真谛。余越读，越入佳境。再观书中插图，画与文可称绝配，完美地诠释文意，画搭文之舟，文以画扩容，自然天成，延伸了说文感时悟道之空间与维度。余一咏三叹，拍案叫好，打电话问孙丽萌，画作是否据其文而作。彼道，非也，完全是根据画境，截文配图。佳配也，此乃作家与画家的一次联袂登台，余感叹道，堪称心有灵犀，文画共鸣。嘻嘻！孙丽萌在电话那边，颇有几分自鸣得意，道，彼与四位画家相交十载，几乎成了忘年交。尔辈皆体制外丹青高手，不登画坛，不进江湖。神游漠北，心驰高原，安心作画，每每有新作，一批固定收藏家便趋之而上，不为稻粱谋，盖生活无忧矣。

《我行我素》就要出版了。始，余对书名不乏微词，以为丽萌君生活在体制内，片警出身，作家名世，谦卑之辈，并非疏狂之士。后细想，妙哉！岂有文章觉天下，我以素颜行天边。文与画，若抵我行我素之境，乃天马行空也。斯为序。

二〇一七年二月二十一日于北京

在纸质大地上行走的人
——读彭程散文集《纸页上的足印》

已经第二次收到彭程兄的赠书了,彼乃大散文家、大编辑家,才华横溢,文章了得。前书为《在母语的屋檐下》,是一部纯正的散文集,有关燕赵故里乡村纪事占了很大的篇幅。然,其行文典雅高古,平仄合律,韵律铿锵,文字洗练冲淡,有沈从文风,有张中行风,有汪曾祺世家子弟清雅之风。远可上溯至晚明性灵、桐城一派,甚至直追欧阳修、韩柳的古文载道之风。一经阅后,让我时隔许多日子,乃沉醉于彭文之一草一树一村一舍一景一人之中,怎么也挥之不去。文中,彼对中国古典文学浸淫巨深,尽显北大才子的风雅、气度。然,接到《纸页上的足印》,恰好是三天清明小长假,因吾家无一亲人长眠于斯,故少了祭祀的心殇情动,便可蛰伏于永定河边、孔雀城中,静心与彭程神交。其实,此书乃一部有关读书的纪言,或读书感悟,或作家评论,或经典笔记,或评奖短语,可是让我讶然的是,作者在文韵沉雄的古典文学背后,竟然有一个如此宽阔的精神世界。彼之读书视野，既好古，又不拘泥于焉，遂将人类文明万千经典尽揽腹中，使自己陡然而长了一对古典与现当代的双翼，高蹈而舞，凤翥九天，在中国乃至世界文学的天空飞得更高、走得更远，彭程兄便是这个行列的其中之一。

然，我读彭程之书，最强烈的印象是，他对古今中外经典作品与作家友人的敬意与虔诚。他秉持父辈们对于古老土地的挚爱，对华北大平原的敬畏，巧妙地将每读一部皇皇大作，每阅一篇经国文章，视为纸质大地上的行走。这是何等气派，何等襟怀，又是何等快乐之事啊。读书行走，行走于焉，可择一间雅室而读，可择一座候机楼而读，可择熙熙攘攘地铁列车中而读，亦可择春风明月中而读。斯时，彭程案头上纸质的小书被无限放大了，每一页书，每一段文，每一行字，皆放大成为芫野无边，护展为阡陌田畴，还原为江南雨巷，凸显为浮世群雕。这时我想到更多的是，他像一位在燕赵大地上出生长大的农民儿子一样，将书的方块字，视作西周王朝的井田制，一步一个脚印，一次一个轮回，蓦然回首间，蹚过大河，蹚过稻田，穿越青青的玉米地，在貌似青纱帐的纸页大地的阅读之中，完成了自己的修为。这便是彭程的枕上之书，无论是阅读，还是思考，无论纸媒，还是电子文本，皆怀有一种对先贤的敬畏、敬重。于是，彭程在纸页的大地上纡徐走过，或对话先贤，皆成哲思；或躬身抚草，皆成慈航；或抵近苍生，皆生悲悯；或仰首天穹，皆纳甘露。因此，收入他书的第一部分，便是关于读书的大思考，既有哲学的高度，更有历史的深度，既有人性的温度，更有当代的高度。彼思哲学家之未思，感文学家之未感，说凡人之未说。一篇读书的华章，多为警话，多为格言，皆可为儿童少年读书开示，以资启蒙性灵。这是何其了得的事情啊。因了彭程走过，而在文坛留痕。于是，一瞬一世界，一息一人间。随着我们对量子物理学过去与未来的感应认知，人与苍茫大地天空便有一种心灵感应。并在时空方位之上，皆幻化成了人间仙境，天上宫阙。徜徉城郭，俯瞰蜉蚁人生，彭程在自己读书的纸页大地上如此神游，夫复何求，如此境界还有几人能有？如此读书快乐，又还有几人能得？盖唯彭程是也。

在读经典作家，评论作家道友的文章中，彭程的评论折射出一个睿智之度。这种向度，一如古老的罗盘，规范着他读书时的神志和判断，使他在一片书海的汪洋里，始终保持着罕至的清醒之姿，不会因为对方是一代世界级的文学大师，名震寰宇，便被他的光芒和背影覆盖，而失去自己的阅读判断，人云亦云。更不会对那刚出道的无名之辈，因为在文坛声名寂寂，鲜为人知，而少了提携之辞。相反，彭程从这些异质的书写之中，发现文学之美、哲学之深、美学之独。同样，对那些堪称自己朋友圈的道友、文友、酒友、驴友，彭程也绝不会因为性相近，情相投，而迷失于感情、友谊的魔障，失去自己独立的判读，你好我好大家好，或友情评论。相反却一针见血地指出友人的短板、隐痛，甚至硬伤，以期下一部更好。于是乎，在这些作家方阵中，我看到了其对新散文的揭橥者周晓枫、祝勇、韩春旭等诸友，有惺惺相惜的欣赏，更有一种距离美的敬意，同样，我也看到了彼对老作家王充闾、易中天等诸君衰年变法、超越自我的点评与肯定。更有对我熟悉的哥们李迪、杨守松，其中也包括对我的厚爱与赏析。毋庸说，作为《光明日报》文艺部的主任，彼之客串书评，确实是有底线的，分寸拿捏很好，不溢美，亦不隐弱，更道其短，评介推荐之文恰如其分，一旦文学批评出手，对于作家今后的创作有很好的启示和开悟，彰显了一位大评论家的风范和气度。这就是一个真实的彭程，从不说违心之话，更不搞评奖友情赞助，也使得他在同辈评论家中，卓尔不凡。

然，通观全书，我最喜欢的仍然是第三部分，是彭程对世界级人类文学大师的阅读与欣赏。

这一部分收入经典作家作品，也多是我的枕边书、案头书，惠特曼、塞弗尔特、米沃什、帕慕克、卡尔维诺，还有凭一部《冷山》一举成名的查尔斯·弗雷泽，这些已经成为人类传世之作的经典，我也一次次返回去阅读，去玩味，却惊异彭程的崭新发现。彼真乃品书高人，颇像一位云山万重里的采药人，林海茫茫的拾蘑菇者，能够准确地判定方位，径直地寻找到自己想要的灵芝、野生松茸等奇花异草，而从不失手。对这些大师的品评，彭程秉持的是一种世界文学的坐标，一种浸透着人类精神家园、情感和命运、生死的普世判断，因此其读书笔记显得地道、优雅，因了没有价值光环的骚扰。在人类同一个屋檐和语境下的思考与书写，对这个时代，彭程显得更加从容不迫。

还值得一提的是,书中还收了许多报刊的发刊词以及序和跋,以及他在茅奖、鲁奖和中宣部"五个一工程奖"评奖中,对于作家作品的点评之语,书中因为各种考虑,仅收了《小说选刊》年度大奖的评点作品。然,寥寥几笔,惜墨如金,精准、犀利、到位。铁凝、韩少功、徐坤、叶广芩、王祥夫、裘山山、付秀莹,哪一位不是中国文坛拥旄西征的文坛大将?这些人皆在彭程笔下呈现,并谐趣盎然,评点精准,皆指向在兴奋穴上,栩栩如生,妙然成章。令人欲罢不能。

以书作媒。彭程兄在编辑与创作之余,在评论与散文之间,八面来风,迎刃有余,举重若轻。或许正是因为读书之故,读中国古典文学,读世界经典,纸页之上,不仅透视着一种浓烈历史信息和时代之风,更催生他打通自己文学、美学、哲学的任脉。于是乎,一股浩荡的文学之风袭来,东风梳裹就其英姿华发,使他一次次越过中国作家的纸质大地、东亚大地,直通世界文学的城堡。占有了一个偌大看台,看尽天下苍生大戏,风景无限。使得彭程在观察中国文坛之时,有了一个一览众山小,雄睨中国文坛之高度和风度。

在纸质大地上留痕的智者,倘若彭程不停下脚步的话,他会走得更远。对此,我深信不疑。

抗战文学叙事的三个坐标

随着寒蝉声竭，仲秋月儿将圆，一场胜利日的阅兵盛宴曲终人散。节庆式的文学书写，抑或将被另一位盛大节日庆典写作所取代，中国作家对这场时隔七十年的战争文学叙述，或许又要重归于寂静。然而，对于军旅作家而言，倘若文学的野心犹存，如果一直秉持战争文学才是军事文学的至尊之境，那么，这场兵燹与一个民族的自省，这场抗战与一个国家的记忆，这个东方主战场与一部史诗般战争文学呼唤与孕育，才刚刚开始。大凡有志于此的中国作家，皆会重整行装出发。

毋庸置疑，热度未凉的胜利日盛典，文学仅是其中一个小小乐章，却热闹非凡。诗人、小说家和报告文学作家轮番上阵，挥舞如椽之笔，为大阅兵盛典开启敲奏了一曲文学的序曲。其间，我参加了几部抗战题材作品讨论会，尤其是中国作家协会举办的首都文学界纪念抗日战争暨世界反法西斯战争胜利七十周年座谈会上，群贤毕至，老兵当歌，作品发声。可是每个与会者的心情都不轻松，检视七十年来抗战题材的文学创作，有高原而无高峰已是不争的现实，且令人喜忧参半。所谓喜者，每个年代的作家都完成了自己书写使命，留下了对这场悲壮之战的个人和民族记忆。所谓忧者，战争已经过去七十载春秋，我们至今还没有一部真正意义上关于中国反法西斯战争的史诗之作、巅峰之作、传世之作，以向人类发声。一如这场战争的结局一样，虽然日本投降了，但是我们在文学战场上赢得并不漂亮，依旧没有从心理、精神、气势、哲学和文化高度，乃至审美与情感层面慑战敌人，征服对手，感动世界。为此，文学评论家们痛心疾首，慷慨陈词。然，万变不离其宗，不是悲伤、悲悯、悲怆之说，便是人性、人道、人伦之理，抑或宽容、宽宥、宽大之怀，最终再落入揶揄、反讽、寓言般黑色幽默的反战窠臼。难道唯有普世价值和人文情怀，才是评判人类战争文学优劣的唯一标准和尺度吗？！难道除了反战之外，中国战争文学攀向世界文学高峰之路，再没有出口？只觉得这些话题过于沉重，过于老生常谈，改革开放三十多年一路套话醍醐灌顶，未必能对中国抗战文学招魂有术，妙手回春。

会散人去。回家路上，京畿城郭一变大阅兵之时的蔚蓝，秋风四起，秋雨连绵，连着下了两天两夜。皇天后土，夜雨愁绪，挥之不去的却是一怀怅然。无论是七十年前那场喋血之仗，还是后来的文学抗战，以至去年在欧美之地展开外交舆论攻防仗，中国军人、作家和外交官们赢得都非常艰难。于是，旧年血泪冲撞于脑际的便有三组主题词，真实、意见、坐标，叩击成三个巨大的战争天问：究竟什么样的文学书写才能最大限度地逼近战争真实、心灵真实、文学真实？在拉开七十年的时空之后，中国作家应该秉持一种什么样的历史意见、时代意见、独立意见？抗日战争文学到底存不存在着中国文学、东亚文学、人类文学的坐标？三种向度，三个坐标，交错、扭结在一起，拷问着没有战争经历的中国作家的良知、心智，以及历史观、哲学观、文学观和对战争的思考。

虽然那场战争的血痕早已经干涸，但历史的伤口并未愈合，梦魇依然。那一页页真实而残酷的战史，仍如剑戟一般刺穿我们的心脏，似危峰一样峥嵘，戳破和平天空。之前，中国贤达伟人、先辈长者谆谆教导后代，要将发动侵华战争的极少数人军国主义分子与广大的日本人民分开，占绝大多数的日本人民也是战争的受害者等高大上的教诲，似乎在同一个历史时空中选错了对象，显得过于宽容，过于苍白，从某种意义上说就是一个巨大的反讽，也给后代带来后患无穷的政治、外交包袱。要知道，战时的大和民族，已将人类心中深埋的兽性和恶行被无限放大了，每个家庭接到侵华应征入伍通知书瞬间，可谓欣喜若狂，舞之蹈之，感到对天皇孝忠的最神圣时刻降临了。母亲送子、妻子送郎上战场杀人，并无一点点哭哭泣泣的别离，完全沉醉于一种无上荣光的骄傲里。而作为社会良心的知识分子整体沉沦、堕落，被选中为随军侵华的战地作家，简直就是一种天大的荣耀，他们写于烽火前方，寄回国内的文稿，动辄发行几百万册。这些文学书写，根本看不到一点评论家津津乐道的所谓悲伤、悲悯、同情襟怀，字里行间透出来的却是森林法则，侵入别人的家园弱肉强食，是一种杀人为乐、胜者为王的法西斯文学王道与叫嚣。即使到了战后，这些参战的日本作家无一忏悔，一如侵华老兵归国后的集体缄默一样。因此，且不说日本军人兽行杀戮，只要看看随军和尚片山玄澄在南京城里连杀六名中国俘虏，竟然无半点慈悲之怀，就可以窥见这些佛教徒、医学士和小学教师之类，一踏上中国的土地，便迅速与军部法西斯分子高度融合一致，一支有文化的军队，貌似文明，却这样极容易地自觉地毁灭人性和人类，这才是让我们逼近战争真实时，令人感到战栗和可怕的事情。所以，在中国发生日本兵用刺刀挑着小孩屁股举向天空，在南京城里两个日本军官挥战刀比赛杀人纪录，杀害赵一曼的凶手在她生前变态般性虐暴行，等等，简直到了令人发指的地步，都不足为奇了。

越接近这些战争真实，中国作家的心灵真实就无法平静，这种真实会把良善尚存的人逼得发狂，笔指天问，这些不忍细读的陈年血腥的历史，却血潮般扑来，会让噩梦连连，最终患上抑郁症。由此，我想到何建明写南京大屠杀时仰天俯地的十问，想到华人女作家张纯如面对南京杀戮演绎成人生魔障，而无法解脱时，唯有以死了断。对于亲自经历战争真实的老一代作家田间、冯德英、刘知侠而言，目睹战争真实场景，自然是中国人的反抗和战斗，故他们以枪作笔，以剑舐墨，发出中国人民最后的吼声，这正是那代战时作家心中的文学真实。为此，我们得以读到田间的战斗短诗：假如我不去打仗／敌人用刺刀／杀死我们／还要用手指指着我们的骨头说／看／这是奴隶。我们得以看到铁道线上，微山湖畔，那些飞车走壁的快乐英雄，弹着土琵琶扑向敌人,这也许是最早抗日剧了。无须苛求于这些经历战争的作家,面对同胞血溅大地,而要让他们冷静、客观地零度叙事,甚至要悲天悯人,宽宥敌人,或写日本鬼子的反战之态,那简直就是对他们心灵真实的最大亵渎。由此,亦给今天遥望那场战争的年轻作家画下了一个问号,当下的抗战写作,我们的心灵真实与文学真实,究竟是应该秉持一种尊重、遵守当时战争真实的历史意见,还是按照七十年后已经变化了的战争与和平的思考,站在今人的立场上,去审视那场战争,叩问对错,点评失败与胜利,将一种时代意见强加于战争的文学书写,或者按照当时历史意见进行客观的陈述?但一个问题突兀而来,这些历史意见之中,有多少又是重新叙事时虚构和戏说过了的呢?必须引起我们的警觉。抑或完全按照作家的战争历史观、和平观、人性观,恪守自己对那场战争思考的独立意见?这三难的选择,对于每位作家的心智、情感和理性都是一场炼狱和考验。

战争的烽火早已寂灭,雄关漫道,苍山如血,只留下一抔战争的冷灰,砺带着战争文学的昨天、今天和明天,并在这些废墟之上画出一道清晰的坐标,即抗日战争中国文学、东亚文学和人类文学的叙事坐标。孰重孰轻,谁左谁右,忽高忽低,斯人斯文,谁更接近人类普世的文学标准?可谓仁者见仁,智者见智。然,福克纳在战后接受诺贝尔奖的答词时,对于战争文学的叙事,早作了响亮的回答:"一位作家在他的工作里除了心底古老的真理之外,不允许任何别的东西有容身之地,没有这古老的普遍真理,任何小说只能昙花一现,不会成功。

这些真理，就是爱情、荣誉、怜悯、自尊、同情与牺牲等感情。若是他做不到这样，他的气力终归白费。因为他不是写爱情而是写情欲，他写的失败是没有人失去可爱东西的失败，他写的胜利是没有希望和同情的胜利，他不是为满地白骨而悲伤，所以留不下深刻痕迹……"毫无疑问，福克纳画出了一条人类文学的上线，也是底线。用这条上线底线经纬向度来审视中日战争期间的中国文学、东亚文学和人类文学的坐标，偏与正、深与浅、高与低、成功与毁灭，一目了然。中国作家站在中国叙事视野下讲述中华民族被践踏、奴役和反抗的故事，而日本作家却在大东亚共荣圈的天空下，以占领者、胜利者姿势讲自己的故事，皆完成了作家自己对本族的战争发动、蛊惑与激荡。然而遗憾的是，中国作家的抗战叙事，并没有耸立成一座非人工所造的世界文学丰碑。同样，日本作家的侵略纪事更是一地鸡毛，不值一提。还有评论大师们指点迷津的人性、人道和反战、反讽的寓言式书写，究竟走了多远，对于抵近人类文学的高峰，还有几里路程，一望便知。

历史往往是经过风雨和岁月沉淀之后才看得更加清楚。一场中日之战，将两个民族的爱恨情仇都卷了进去，并纠缠至今。对于中国军事文学的写作，庆典虽然落幕，但是一场新征途的冲锋号刚刚吹响。显然，七十年来中国抗战文学、东亚文学和世界文学的坐标，我们皆已经尝试过了，问题是如何从前人已探索过的路径之外，解决好如何写，在哪个坐标下写的问题。窃以为还是要回到战争真实本身，回到历史意见本体，回到福克纳矗立起来的那个人类文学古老真理的本尊，一切归零，重新开始。对于没有经历过战争体验的作家来说,既是遗憾的,却也是幸运的,拉开了历史的时空,也许对昨天那场侵略战争看得更加清楚,更能从一个深邃的哲学视点上,从博大的时空域面上,从更高文化点位上,来叙述和反思这场战争。让满地白骨跃动的磷火,重新点亮文学的星空,不论对敌后抗战还是正面战场牺牲的勇士、烈士和黎民百姓,都应该给予应有的尊重与虔敬。七十年前,三千五百万白骨堆集成又一座荒冢般的不周山,一个个、一行行孤魂野鬼徜徉于卢沟桥、淞沪、台儿庄和太行山、中条山以及武汉、长沙、常德和衡阳城郭之上,用倒下大写之人的喋血牺牲,写就了一部皇皇大书,等着中国作家去记录,刻成碑碣般的文字。因此,我们所需要的最大限度逼近战争的真实,站在战争旧址上,对旧年血痕进行文学书写和反思:为何当年慷慨赴燕市的壮士最终沦为汉奸第一人?为何八女投江换来一命的抗联师长最终投敌?为何正面战场大规模阵地狙击之战,皆以失败、撤退而告终?为何出卖杨靖宇的竟然是自己的同胞?还有抗联二军马老太太和三个儿子的故事,就完全接近于福克纳心中古老的真理。吉林宁安县马家大屯六十多岁的马老太,跟着当团长和营长的大儿子、二儿子转移,留下小儿子蛰居山洞,保护同一支转移队伍中绿林头目的压寨夫人。半年之后,二儿子壮烈了,等他们返回时,发现小儿子与同样被抢来的压寨夫人产生了爱情,且压寨夫人怀上了孩子。当团长的哥哥下令枪毙违反战场纪律的小弟时,是一种什么样的心情?马老太与小儿子见最后一面又会是一种怎样的情景?无数这样的中国抗日志士和家庭的故事,都像雪花一样飘逝了，仅仅在抗联将领周保中将军的日记中留下几行简约的文字，等着中国作家去扩容、去放大，去复原成一幕幕一曲曲战争的悲剧和人性的黄钟大吕。

抗战七十周年胜利庆典落幕了，又一个逢十大庆的日子旋转回到零公里处。假如中国作家少一些功利，少一点为节庆而一窝蜂而上的书写，沉下来、静下来，气沉丹田地十年磨一剑，最大限度地抵近战争的真实，最大幅度地想象世相真实，最大深度地掘进人类心灵真实，在抗日战争八十周年到来时，十年不鸣，一鸣惊世，中国军事文学是可以拿出一两部站在人类文学巅峰上发声的传世之作来的。对此，我深信不疑。

二〇一五年九月九日
写于复兴外大街甲7号院

军旅文学的中国气派

我对于中国气派的觉醒与觉悟,源于写青藏铁路《东方哈达》一书。彼时,我的火箭兵系列文学作品《大国长剑》《鸟瞰地球》《导弹旅长》和《水患中国》皆已出版,并先后获鲁迅文学奖、中宣部"五个一工程"奖和中国人民解放军文艺奖。可是,我对于中国气派的理解与追寻,仍处于朦胧之状。是年早春,我入鲁迅文学院中青年作家第三期高研班学习,上的是大文化课,视界阔大,政治、经济、军事、外交、战略、哲学、美学无所不包,且班上才俊毕集,格调皆高,四个多月下来获益匪浅。然,此时我却萌生了一种中年作家的危机感,仿佛刚一脚踏在文学涅槃的门槛上,对自己十年专业创作的成就产生一种严酷的拷问与质疑。因此,这一年,本该力作迭出,可我却埋头读书之中,仅写了一篇大散文《城郭之轻》,此为春夏之交,鲁三班才俊佳丽到多伦转了一圈之后的习作。将近半年,我仅创作了此文,而个人却深陷文学危机,以为时间对每个作家的淘洗很残酷,也许二十年、五十年后,人们的书架上不会再有我等的著作。恐慌和怅然之际,深秋姗姗来迟。时,我已经连续四载在青藏铁路采访,工程将近尾声,这是我最后一次上青藏线。那天清晨,我乘坐列车驶往格尔木之时,昆仑山将近,突然有一列下行的列车迎面驶来,与坐在列车窗口的我擦肩而过,蓦然回首,一个激灵掠过,青藏铁路一书的构思跃然而出,就以上行下行列车两条线索而写,上行列车写修路的故事,从北京仰望昆仑,一站一站地讲筑路人的故事,下行列车则是吐蕃与汉民族一千三百多年间来由地理对峙、战争杀戮,直至和亲的融合之旅。万里青藏,佛陀天国,雪风烈烈,香草美人,辽远苋野,天边一片宗教之蓝,经幡滚滚,如此繁复的历史视窗,却因为有了文本的创新,而纵游八荒,游刃有余,左右逢源。我对于中国的气派和风格的探索,因了有铁路哈达图腾般的想象,将悬挂于唐古拉和昆仑山上的哈达隐喻为铁路,寒山而下,其标识和图腾于焉,境界从此大开,便可以捭阖古今,直抵历史纵深,再回到现实之中。于是乎,从文本结构到文学叙事,皆有一种浓烈的中国风在吹荡,气韵沉雄。最早刊发此书的《中国作家》原副主编萧立军当时断言:《东方哈达》别开生面,文本创新意识极强,为国家重大工程写作探出了新路。彼预言,十年之内,写工程建设无法超越此书。这是一部浴火重生之作,因了追寻中国气派的叙事,自己第一次有了一种心驰八荒、高楼四面风的从容与自信。

何为中国气派?那就是上古的正大气象。远可以溯春秋骑士之风、贵族风度和侠士之义,而承载其中的战国时代诸子百家的思想底蕴，犹如一口深深的人类精神之井、思想之泉，令中国作家淘之不竭、取之不尽。

然，检视当下之中国文学，离中国气派渐远，亦鲜见中国文学精神在流淌，原因何在？在于我们皆迷失于物欲横流之中，咀嚼那点小感情、小风月、小世界、小情调。故将文学的自我，迷失于历史与时代的深谷之中。

伫立于历史的看台上，遥望百年中国，新文化运动犹如一炬荒火，投向古老的中国文化，燃起烈焰万丈。故因了西学东渐，众多知识分子百年奔走，却救国无门，唯有以夷为师，请来德先生和赛先生，掀起白话文运动。从此，上古时代中国气象不再，古汉语之高贵、典雅、洗练之美尽失，唐诗、宋词的平仄押韵节奏之美崩溃，一夜之间，中国文学被完全欧化，变成一个个、一段段、一篇篇繁复、冗杂、累赘的长语、长句、长文，毫无精粹之感。由此而来，中国文学失去了本色，迷失了自己。太史公的经典细节之美，唐传奇简约之美，元杂剧的一咏三叹，明话本章回小说之雅，《金瓶梅》浮世绘群雕，《红楼梦》高古典雅之美，皆流失了，使中国当代文学评价标尺完全欧化，世界性似乎有了，却有克隆之嫌，中国韵味和气派无文无神，成了一条无源无水的干涸河床。毋庸置疑，倘若传统文化缺席，创新便无根无魂。同样，没有中国文学的道统和法度可依，遑论中国气派和中国精神。纵使那些走向世界前沿的文学，至多也是拾人牙慧，或者是某种文学流派的翻版。文学有高原无高峰的现象，已是不争的事实。

然，幸哉，百年遗恨，百载奋斗，百年一梦，随着改革开放大门的洞开，中国人历经劫难，终于从波澜壮阔的历史三峡走了出来，大江东去，一经沧海，终难为水，除却巫山神女峰犹在，文学的女神犹在，波平如镜之中，中国之船终于驶出三峡。而今，我们所处是一个辉煌无比、亦有阴霾锁城的时代，财富丰沛，文化多元。中国作家生得其时，此为一个催生伟大文学的时代；中国作家亦生不逢时，头顶之上有一个并不深邃的文学天空。前者，全球化的浪潮，奇迹与怪事咄咄，让文学想象贫瘠的中国作家，感受到了真实大于想象的骇然；后者，欲望化和碎片化多元诉求，令许多作家在战栗、悸动中迷失自我，无法驾驭时代，无法找到自己，更无法把控文学，故使得本可以诞生一部部伟大史诗的时代，却让中国作家深陷有高原而无高峰的尴尬与窘迫；特别是军旅文学不能不接受一个残酷的现实，次第由盛而衰，从主流喧嚣渐次走向边缘与寂静。

热闹何其之幸，寂寞夫复不幸？！其实，对于中国的作家来说，寂然何尝不好，退步园中，蛰伏书斋，拉开距离来观察社会。寂寥时刻，可以反思过去，瞄准未来，重新归零，再整装待发，更好地吮吸中国古典文学菁华。

习近平总书记指出，伟大的作品一定是对个体、民族、国家命运最深刻把握的作品。改革开放近四十年来，我们党领导人民所进行的奋斗，推动我国社会发生了全方位变革，这在中华民族发展史上是前所未有的，在人类发展史上也是绝无仅有的。面对这种史诗般的变化，我们有责任写出中华民族新史诗。史诗是人民创造的，不论多么宏大的创作，多么高的立意追求，都必须从最真实的生活出发，从平凡中发现伟大，从质朴中发现崇高，从而深刻提炼生活、生动表达生活、全景展现生活。

窃以为，讲述中国故事，凸现中国精神、气派和风格，中国作家尤其是军旅作家任重道远，必须回归，从中国古汉语的高贵、典雅和古典叙事文史哲高地上整装出发，深淘春秋战国以来中国哲学思想之井，以中国化的叙事风格和语言，通天心，接天气，将平民百姓的情感和命运捧过自己的头顶，以人为上，以人性为圆心，写真性情、真实感，说真话，以一缕缕人性的温馨阳光，照亮灵魂的皱褶；以真正中国风格和气派，经营好自己古方块字的文学世界；将每个汉字当作一兵一卒、一车一马一炮来运筹，注重谋篇布局，排兵布阵。提升词格之美、结构变幻之美，寻求文本诡谲多姿、句式变幻无穷，寻法道统，重拾古汉语抑扬顿挫的韵律与铿锵之美，追寻真正的简洁高贵之美，使自己的文字更加老道、老辣，处处氤氲中华文化氛围。

我对中国文学道统与气派的追寻、回归，始于《东方哈达》，从此步入自觉之境。二〇〇八年年初，抗冰雪之作《冰冷血热》，其文本结构愈加自觉，两条线索穿插进行，正写军民抗冰雪之战，推土机般正面推进，侧写读大三的女儿回昆明老家，阻于夜郎国中，车阻冰山马不前，令我在北京城里好生牵挂。两条线索，一主一副，一边气吞楚山云象，一边遥思滚滚黔山寒。那种寻求文本创新的变法，让我风光占尽，叙事表现不俗，中国文学的气派呼之欲出，为此该书荣获了中华优秀出版物特别奖。

然而，这仅仅是初试啼声，我知道走向叙事文学的中国气派之途，山高林深，唯有上下求索，一步步抵近目标，上达上古之正大气象，向下则有具体路标。这路标便是大先生鲁迅、沈从文、汪曾祺等一批"五四"之后的中国作家。彼之作品，既有世界前沿的文学意识，更有中国古典文学格物之美，其文高贵、典雅、洗练、韵律铿锵，这才是真正的中国风格和气派的坐标参照。云山苍苍，一任山水间神游。写作西电东送的《国家负荷》时，我一直在高科技与诗意摇摆中两难，似难皈依。一次，出版社老总请客，三盏两杯下肚，人人微醺，想象飞驰，突然联想到了两组具有中国咒语和图腾的符号：金木水火土，东西南北中，阴阳正负，前者乃生电之说，后者为网架之织。由此结构一部纪实文学之书，满盘皆活，活色鲜香兼具，真正领略到了一种楼高四面风的怡然。

此后的创作中，我更加深入地步入中国气派的叙述之境，并趋于成熟。我在写国家电网青藏联网之《雪域飞虹》的路上，用的是正极与负极，架构全书；还有反映东北老工业基地振兴的《浴火重生》，则是将四个家庭四代人的命运，与天坛、地坛、月坛、日坛以及江山社稷、天下的隆兴之地的国运相连；至于"一带一路"大中国情结的《于阗王子》，源自山东兖州兴隆塔的盗塔事件，书的结构采用了十三级塔台；而到了写拉萨八廓古城改造之时，完全进入自由飞翔之境。城是不朽的，而生活在城中的苍生命运沉浮，遇世而变。叙述这座古城、高城、净城故事时，如何结构此书，我瞬间想到了以大昭寺转经之内廊、外廊和八廓街的中转、林廓路的大转之道为形式。一转皆活，时代风雨皆在反复翻转之中，人的命运也由此跌宕起伏。

我蛰伏于阳台十二载写作之后，发现微信得势天下，女儿为我开通，取名老徐。窃以为，此数字平台甚好，亦图亦文，图胜文须更精，可玩着写，配图发，观者皆为朋友众亲，不必太在意文字。因文短，须精，我想到晚明小品，空蒙、性灵、禅意，便以半文半白的叙述之姿，试写了几篇，众亲点赞频频。聚成兄看后，甚喜，邀我到《中华儿女》开专栏，并嘱就按这个风格写，有个性，好看。我承诺下来，一个名曰"剑谈"的专栏由此催生。然，文字不长，仅一面纸，字千三百，说易亦易，说难则难。作家操刀，在读者看来，不过小菜一碟。然大作好写，犹如长江黄河，烟波浩渺，惊涛拍岸，气吞山河。可匠人好为黄钟大吕状，极易唬人。而千字短文，则有难度，形似小石潭秋水，清澈剔透，鱼翔浅底，池边生兰芷，水中无杂草，一览无余。作家功力之深与浅，文笔老辣与稚嫩，寥寥数语，便可测试出来。因此，吟物显志，叹事成理，写人立传，切入角度宜巧，叙述向度更宜摇曳多姿，唯有颇具思想穿透力，并有沉淀诗意的叙事，才会有文化的韵味，凸现出中国气派。

习近平总书记在讲话中指出：经典之所以能够成为经典，其中必然含有隽永的美、永恒的情、浩荡的气。经典通过主题内蕴、人物塑造、情感建构、意境营造、语言修辞等，容纳了深刻流动的心灵世界和鲜活丰满的本真生命，包含了历史、文化、人性的内涵，具有思想的穿透力、审美的洞察力、形式的创造力，因此才能成为不会过时的作品。

经国文章，千秋之事。唯有襟怀高大，境界才高，文章才好。秋水荡过的华章，方有神性和诗意。也许今生今世，我辈作家无法达到庄子之《逍遥游》、老子之《道德经》、屈子之《离骚》、太史公之《史记》、柳宗元之《小石潭记》、苏东坡之《赤壁赋》，甚至张宗子之《湖心亭看雪》、曹雪芹《红楼梦》之境界，但是我们却因为有了中国文学的叙事坐标，而对中国气派追寻不已，便可千山我独行。

图书在版编目（CIP）数据

祁连如梦/徐剑著．－－重庆：重庆出版社，2017.10
ISBN 978-7-229-12565-3

Ⅰ．①祁… Ⅱ．①徐… Ⅲ．①散文集－中国－当代 Ⅳ．①I267

中国版本图书馆CIP数据核字（2017）第194275号

祁连如梦
QILIANRUMENG

徐剑 著

策　　划：华章同人
出版监制：陈建军
责任编辑：徐宪江　黄卫平
责任印制：杨　宁
营销编辑：张　宁
装帧设计：视觉共振设计工作室

重庆出版集团
重庆出版社　出版
（重庆市南岸区南滨路162号1幢）

投稿邮箱：bjhztr@vip.163.com
北京汇瑞嘉合文化发展有限公司　印刷
重庆出版集团图书发行有限公司　发行
邮购电话：010-85869375/76/77转810

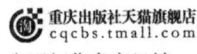

重庆出版社天猫旗舰店
cqcbs.tmall.com

全国新华书店经销

开本：880mm×1230mm　1/32　印张：8　字数：150千
2017年10月第1版　2017年10月第1次印刷
定价：55.00元

如有印装质量问题，请致电023-61520678

版权所有，侵权必究